HASSAN

ideapress

HASSAN

FULVIA
GRISONI

ideapress

HASSAN

Copy Editor: Tiziano Thomas Dossena

Email: idea1000@aol.com

ISBN 978-0-9825373-8-1
Library of Congress Control Number: 2013934672

Published by/Pubblicato da Idea Press, New York, www.ideapress-usa.com
Printed in/Stampato negli U.S.A. - Prima Edizione - April 2013

A tutti coloro che amano la natura.

FULVIA GRISONI

INTRODUZIONE

Hassan è il personaggio principale che fa da filo conduttore; è un tecnico addetto all'estrazione del petrolio.

È un uomo che si trova catapultato tra due culture, la sua conservatrice, attaccata al territorio d'origine e la cultura europea della moglie. Suo malgrado cerca d'integrarsi compiendo anche notevoli sforzi. Riceve già partendo dal villaggio natìo un'apertura verso un mondo esteriore, così anche la moglie si adegua al contatto con la diversità culturale, che sembra uno scontro, in realtà è da considerarsi un arricchimento per entrambi.

Dei figli della coppia, ognuno segue la sua strada secondo la propria inclinazione e la diversità di carattere comporterà delle scelte.

Huarì vive a Vienna con la moglie e non ha propriamente nostalgia del luogo dove è nato.

Martina, dopo un periodo europeo, torna al suo amato deserto e si stabilisce con Alan, il marito che lavora ai pozzi petroliferi.

Miriana, la più dolce e la più remissiva, torna a casa.

Questo romanzo vuole essere un contributo ecologista, un prestare attenzione ad un pianeta da conservare nelle sue peculiarità, nelle risorse da preservare. La cura dell'ambiente avviene anche con dei comportamenti responsabili. Le diversità del territorio, dalla natura lussureggiante all'aridità del deserto, dove sembra che non ci sia nulla all'infuori della sabbia, eppure ha la sua vitalità. Ogni angolo della terra possiede la sua bellezza e mette a disposizione delle risorse che non vanno sprecate.

Il percorso di Hassan si snoda nei prossimi capitoli…

Buona lettura.

— Fulvia Grisoni

PREFAZIONE

Presentato al pubblico come una saga familiare, Hassan è un romanzo che in realtà tratta un argomento molto più complesso, cioè l'amore per la propria terra, che in questo caso è il deserto. È un tema interessante, che l'autrice sviluppa fin dall'inizio del libro con maestria e delicatezza, portandolo, in un crescendo graduale e ben equilibrato, alla scena finale, nella quale il protagonista parla con il deserto, che gli risponde. L'importanza di quest'attaccamento non è solo legata alla classica nostalgia dell'espatriato, pur valido elemento che non stanca mai di essere riesaminato, ma anche all'amore sconfinato dimostrato dai vari personaggi di questa famiglia verso una terra che a uno straniero potrebbe anche apparire scevra di ricchezza, a parte quella ovvia del petrolio, ma che per loro è carica di valori.

Il deserto, quindi, è anch'esso protagonista della storia, quanto lo è il petrolio, del resto. La differenza tra i due elementi è che il petrolio si rivela solamente un subordinato, una materia necessaria affinché non si debba abbandonare questo loro amato deserto, che parla con i propri silenzi.

E attorno a quest'amore s'intessono tutte le relazioni che sono la linfa vitale per la storia di questa famiglia. Vicende d'amore, passioni, infatuazioni, amore filiale e amore materno sono introdotti dall'autrice a un passo celere e ben ritmato, e intessute in una trama fitta e coerente con perizia ed eleganza, tenendo sempre vivo l'interesse del lettore.

Hassan e la moglie Liliana affascinano con la loro semplicità di vita, dedita alla famiglia e nulla più, come tanti esseri umani di ogni parte del mondo. Semplicità legata sempre al loro mondo, che è il deserto, e che viene solo a tratti disturbata da distrazioni, quale la malattia di Liliana o l'infatuazione di Hassan per un'altra donna, piccoli nei che servono solo a rammentare ai protagonisti la loro beatitudine, frutto di un amore profondo e naturale, e di un'immersione in un mondo nel quale sono ancora validi i valori primitivi che hanno permesso nei tempi antichi l'evoluzione dell'uomo, e che sta per cambiare inesorabilmente. Il figlio Huarì riflette la stabilità emotiva dei propri genitori, trovando una direzione alla propria vita senza grossi traumi o tentennamenti. Miriana, l'ultima figlia, si dimostra solo un supporto strutturale alla famiglia e alla storia, senza grossi patemi d'animo o dilemmi da affrontare. La figlia Martina rivela, invece, una notevole complessità interiore e una forte sensibilità, tali da ravvivare la storia con i suoi rapporti e le sue profonde crisi legate alla nostalgia per la terra madre, il deserto.

Ogni personaggio, però, prende vita senza mai ottenebrare i due personaggi chiave della storia, Hassan e il deserto. Fulvia Grisoni riesce a rammentare al lettore che noi siamo tutti legati alle nostre radici, alla nostra terra e alla nostra famiglia in modi che non sempre sono così evidenti o scontati, e che siamo anche e soprattutto il frutto diretto delle azioni delle persone che ci stanno vicine.

La storia scorre dalle dune del deserto all'affascinante Vienna, presentando i componenti di questa famiglia attraverso le loro attività, i loro successi e le loro imperfezioni, offrendo contemporaneamente storie collaterali di una profonda umanità e ammirabile freschezza, dedicando ai dettagli spazio sufficiente per dare una chiara panoramica delle varie situazioni, senza mai annoiare il lettore con pesanti descrizioni. L'effetto finale è un romanzo avvincente che riesce a trasmettere il proprio messaggio di rispetto verso la nostra terra in modo convincente e stimolante.

— Tiziano Thomas Dossena

1

E l'uomo seduto nel deserto aspettava...

I pozzi di petrolio alle sue spalle, esauriti, avevano prodotto per molti anni; le trivelle avevano aperto ferite nelle profondità della terra. E ora la terra era asciugata, non dava più nulla; il suo tesoro, l'oro nero, era stato rapito dagli uomini. Riandava con la mente al periodo quando il petrolio sgorgava... Hassan era giunto lì da ragazzino; c'erano molte baracche, e ognuna serviva da abitazione a chi aveva portato con sé la famiglia. I tecnici si avvicendavano, si fermavano alcuni anni, poi ripartivano. Un giorno era arrivato un tecnico che aveva con sé la sorella; venivano dall'Europa, abitavano lassù... e di colpo Hassan si ritrovò in quel periodo, con un po' di anni in meno...

Lui alloggiava proprio nella baracca di fronte. Liliana doveva avere quasi la sua stessa età. L'orario di lavoro era continuato e lui si era trovato molte volte accanto al fratello, anzi gli si era rivolto affabilmente – Tu sei del luogo, vero?

– Certo, signore, si vede; questo è il mio paese.

– Non chiamarmi signore quando ti rivolgi a me; sono Claudio.

– Ed io Hassan.

Da allora Hassan andò spesso da loro. Claudio gli aveva detto – Da noi sei ben accetto; ci sentiremo meno soli, ci faremo buona compagnia.

Quella sera Liliana serviva il caffè, mentre Claudio parlava. Ormai erano entrati in confidenza e potevano parlare liberamente ad Hassan.

– Noi siamo rimasti soli, eravamo una famiglia unita, poi i nostri genitori sono morti prematuramente; non siamo rimasti che Liliana ed io. Abbiamo lasciato la nostra terra, dove avevamo vissuto felici.

– Non potevamo più sopportare la vista di quei luoghi – interruppe la sorella, e aggiunse una domanda, – Hassan, ci accompagnerai in città?

– Volentieri. Tra due giorni sarà il nostro turno di riposo; e ora buonanotte, domattina s'inizia all'alba.

– Dammi una voce – aggiunse Claudio – è probabile che mi addormenti.

La notte passò in fretta e l'alba si profilò all'orizzonte. Chiamò Claudio, ma anche lui, contrariamente alle previsioni, si era già alzato. Si avviarono e il ritmo del lavoro procedeva sempre uguale. Liliana attendeva con ansia il giorno in cui sarebbero andati in città. C'erano altre donne negli alloggi, ma erano troppo impegnate con i figli. Finalmente il giorno desiderato arrivò; avrebbero trascorso una giornata diversa dalla monotonia di sempre.

Hassan si muoveva disinvoltamente: – Vi condurrò al bazar, dove potrete effettuare i vostri acquisti.

Liliana si fermava incantata davanti alla merce esposta, ai suoi occhi venivano propinati ogni sorta di mercanzia; stoffe e abiti orientali le venivano dispiegati con incredibile velocità. Non credeva quasi che a poca distanza dal deserto potessero esistere quelle meraviglie, e una città piena di luce e di colori.

Le ore trascorsero in fretta e fu tempo di ritornare. Il lavoro riprese sempre uguale; intorno non vi era altro che sabbia e il bagliore dei pozzi di petrolio. Liliana si era assuefatta all'odore del petrolio, all'unto che ritrovava sulle tute. Aveva reso accogliente la casa. La sera veniva sempre in visita Hassan, lui era solo e lei si accorse di attendere queste visite con impazienza; era giovane e lui pure, e a lei non bastava più l'affetto del fratello. E anche ad Hassan succedeva la stessa cosa: desiderava vedere Liliana. Così a poco a poco si accorsero di non poter far a meno l'uno dell'altro e con l'approvazione di Claudio si fidanzarono.

Claudio arrivò una sera con una notizia un po' triste per la sorella.

– Mi è giunto l'avviso di trasferimento. Devi prendere una decisione; se vuoi sposarti con Hassan, sono tranquillo, è un bravo ragazzo, anche se mi mancherai molto... ma io voglio la tua felicità. È il mio più gran desiderio.

Lei rispose – È per me una grossa decisione, siamo sempre rimasti insieme, non ci sono mai stati degli screzi, vederti andar via e non seguirti per me è un dolore. Abbiamo condiviso le gioie e i dispiaceri, ma io mi sono accorta di amare Hassan; parlerò con lui e deciderò.

– Pensa alla tua felicità, Liliana. Io sarò contento se tu lo sarai; non preoccuparti per me, ci vedremo spesso, tutte le volte che potrò, sarò da te.

Hassan si recò da Liliana e le parlò sinceramente – Ho saputo che tuo fratello è stato trasferito, se tu mi ami, vorrei prendermi cura di te, ma io resterò sempre qui. Te la senti di passare una vita in questo luogo?

– Sì Hassan, ci ho pensato, sarò felice con te, rimarrò qui.

– Ci sposeremo prima della partenza di Claudio – rispose Hassan.

Le nozze furono molto festeggiate. Poi Claudio partì. Liliana sentiva molto la mancanza del fratello, anche se era mitigata dalle premure di Hassan. Lui l'aveva portata a conoscere i suoi famigliari, che abitavano fuori città. La famiglia di Hassan distava un giorno di viaggio. Intorno alla casa c'erano dei pascoli scarni, nei quali si aggiravano le pecore, brucando la poca erba. I genitori di lui la presero subito in simpatia, e così pure i fratelli e le sorelle. La casa era povera, ma vi regnava la gioia. In quell'occasione, Hassan le disse – È qui dove sono nato e ho vissuto, sino a che non sono approdato ai pozzi di petrolio. Come hai visto siamo una famiglia numerosa.

– Com'è stato che hai abbandonato questi silenzi? Il motivo?

– L'hai notato anche tu, il silenzio che esiste qui ? È stato forse un bisogno di fare qualcosa di diverso, di conoscere. Non c'è nulla qui, sembri sprofondato in un mondo arcaico; si vive allo stesso modo da millenni.

Liliana guardò dolcemente Hassan – Devi aver sofferto, prima di realizzare il tuo sogno.

Hassan spiegò: – Anni fa, avevo incontrato un ingegnere minerario, stava effettuando un giro d'ispezione in cerca di nuovi giacimenti petroliferi. Lui e i suoi tecnici sostavano sulle terre intorno. Durante il giorno li osservavo armeggiare con le trivelle.

– Fu questo ingegnere che ti aiutò ? – chiese Liliana.

– Sì, proprio lui e la sua squadra. Loro notarono questo ragazzino che ero io, che li seguiva nelle loro ricerche.

L'ingegnere mi parlò: – Ragazzo, sono due giorni che ci segui, sai cosa cerchiamo sulla tua terra? Il petrolio; ti piacerebbe essere come noi?

La mia risposta fu affermativa. L'ingegnere mi elencò – Dovrai lasciare la casa, la tua famiglia e studiare, studiare molto.

– Voglio ampliare le mie conoscenze – risposi al momento senza neanche pensarci...

– Bravo ragazzo, il tuo paese ha bisogno di tecnici che sappiano sfruttare le ricchezze del sottosuolo, verrò a parlare con tuo padre.

E così fece. Mi diede alcuni libri, poi lo seguii e arrivai dove stiamo. L'inizio fu duro, soffrii la solitudine, tuttavia studiai e riuscii.

Liliana gli disse con dolcezza – Ora, però, non sei più solo.

Un sorriso di gratitudine illuminò il volto di Hassan. Intanto suo padre li chiamò; era per riprendere la consueta abitudine di riunirsi assieme all'aperto, davanti al fuoco. La notte era stellata, il fuoco già acceso; sembrava di essere sprofondati in un'altra epoca. I fratelli di Hassan sedevano già attorno al fuoco; Liliana si strinse lo scialle sulle spalle e si mise all'ascolto delle fole che il vecchio raccontava. La voce sembrava venire da molto lontano e perdersi nella notte dei tempi; raccontava leggende vecchissime, tramandate da padre in figlio.

La voce le giungeva ora acuta, ora tenue, ora tremolante – Un vecchio emiro aveva dato ordine di cercare delle pietre preziose nel sottosuolo. La terra era stata setacciata, sforellata. Continuarono così per tanti anni; la terra donò tanti tesori, sperando che l'avidità degli uomini si accontentasse. Invece gli uomini continuarono a scavare, scavare... Allora la terra si ribellò e non produsse più nulla; si formò il deserto, la sabbia ricoprì la reggia dell'emiro... E si riprese i suoi tesori, che aveva elargito abbondantemente, nascondendoli nelle sue profondità, e chi avesse osato strapparli avrebbe ricevuto la giusta punizione.

Liliana rimase turbata dal racconto ed esternò ad Hassan la sua preoccupazione. Lui rispose – È questo luogo che suscita le tue fantasie.

Si fermarono per alcuni giorni, e ogni sera il vecchio raccontava le fole. Ora si era abituata.

Ritornarono al cantiere e ripresero la vita normale di lavoro; lei accudiva alla casa, Hassan tornando trovava la tanto sospirata compagnia e l'affetto della moglie. Nei momenti liberi la conduceva in città. Il lavoro dava soddisfazione ad Hassan, e aveva ottenuto la promozione a caposquadra.

Liliana aveva stretto amicizia con le altre mogli, e avevano preso l'abitudine di riunirsi per il tè del pomeriggio, il classico "tea time". Si trovavano solitamente in casa di Mara, lei e le altre quattro signore. Mara amava ricevere, era esuberante e comunicativa, eclissava la malinconia. Un giorno giunse un po' in ritardo a casa di Mara; mancava solo lei. La padrona di casa le si fece incontro – Eravamo in pensiero per te

– disse mentre la introduceva nel grazioso salottino, dove Marion stava già sorbendo il suo tè.

Alzando lo sguardo, l'amica affermò – se tardavi ancora, saremmo venuti a vedere.

Il figliolo di Lory le si parò dinanzi e con la sua vocina squillante chiese – Ciao Lilli, giochiamo oggi?

Ingrid rispose – No, uscirai a giocare con Alan, non devi affaticare le signore.

Imbronciato, rispose – ma io non affatico Lilli.

– No, certo – intervenne Marion, ma io ho portato Alan perché desiderava giocare con te.

– E va bene – mormorò il piccolo – voi grandi avete sempre ragione, si deve sempre eseguire i vostri ordini.

Le donne sorrisero, mentre il fanciullo si avviò verso l'esterno. C'erano pochi bambini e i figli di una erano un po' di tutti; tutte si sentivano madri. Erano delle buone conversatrici e avevano poco da fare. Dopo aver riordinato la casa, avevano molto tempo libero; la città era distante, così non trovavano di meglio che riunirsi. Marion e Fiona erano americane, Ingrid tedesca, Lory e Mara italiane. Non c'era nulla che li potesse dividere; avevano trovato un'intesa perfetta. Il rito del tè era divenuto ormai obbligatorio, era un modo come un altro per ritrovarsi e sottrarsi alla noia.

Marion le disse – Non devi sentirti un'estranea fra noi. Io sono del Vermont, abitavo in mezzo al verde... Ora vedo solo questo deserto; immalinconisce tutti, eccetto Mara.

Infatti, Mara arrivò ridendo – Non c'è ragione di lasciarsi prendere dalla tristezza.

E Fiona di rimando – Io sono di San Francisco, ma non resteremo qui per sempre, mio marito Dwight dice che tra poco ce ne ritorneremo in America.

Ingrid e Lory esternarono la medesima convinzione – Anche noi, certo, non resteremo a lungo; ritorneremo ai luoghi d'origine, quindi possiamo considerarla una lunga vacanza.

Liliana pensò – Io non me ne andrò, Hassan è nato qui, è il suo paese, non vorrà lasciarlo, ed io l'Europa la vedrò ancora pochissime volte, quando andrò da Claudio – ma subito sorrise e ascoltò Marion che parlava di Alan, il suo figliolo. Le ore passavano e le mogli posero fine alla loro conversazione, per recarsi a preparare la cena.

Liliana si mise alla finestra, Hassan aveva già cenato e si preparava per il turno di notte. Non si vedeva altro che cielo e sabbia che si univano; in lontananza i bagliori dei pozzi. Hassan le diede un bacio e si avviò; lei rimase ancora alla finestra seguendo i suoi pensieri, che non manifestava ad Hassan: lui era un figlio del deserto, non l'avrebbe capita. La notte era sempre più fredda, le stelle brillavano luminose, le fiamme dei pozzi erano più intense, tutt'attorno il silenzio agghiacciante del deserto, quella sabbia sottile che a volte il vento sollevava, quelle dune che si riformavano continuamente. Pensava alla casa dove aveva vissuto con il fratello; dalla finestra il paesaggio era ben diverso, non vedevano altro che alberi e il giardino coperto di fiori. Erano i fiori che coltivava la mamma.

Una notte, durante la prima settimana del loro trasferimento, lei e Claudio si erano affacciati a quella finestra e avevano contemplato il deserto. Claudio le aveva detto – Un giorno il petrolio finirà, dobbiamo trovare per quell'epoca un'energia alternativa.

Ripensava anche alla storia del vecchio, la terra non avrebbe più dato nulla; se questo fosse accaduto tra una decina d'anni, avrebbe dovuto sradicare Hassan dal deserto. Non si era accorta che aveva fantasticato a lungo; Hassan era già di ritorno.

– Come mai già alzata? Non hai dormito? Senti la nostalgia?

A tutte queste domande ci fu una pronta risposta – Quando ci sei tu no, Hassan.

Ma lui, stanco del lavoro, era già sprofondato in un sonno ristoratore. Non le restava altro che cercare di dormire anche lei. Si svegliarono che il sole era già alto. Non aveva ancora preparato da mangiare e Hassan le diede una mano in cucina.

– Se ci sbrighiamo, oggi ti porto in città; dobbiamo festeggiare qualcosa.

– Che cosa, Hassan? Perché non me lo dici? Sai che sono curiosa.

– Aspetta e vedrai – rise Hassan, divertito.

– Sai nascondere bene i tuoi segreti – rispose Liliana.

Lui di rimando – Altrimenti che segreti sarebbero, se te li esternassi?

Liliana protestò – Tra marito e moglie non ne devono esistere.

Hassan concluse – È una sorpresa; vedrai oggi.

Giunsero in città già sul tardi, avevano avuto un guasto alla vettura, e Hassan aveva impiegato un po' di tempo a ripararla. La condusse davanti ai negozi e le fece scegliere un bell'abito. Poi si fermarono in un ristorante per la cena. Un cameriere compito venne per ricevere le ordinazioni. Infine Liliana chiese – Vuoi dirmi cosa festeggiamo?

– Certamente. Ti ho fatto attendere troppo tempo; mi hanno dato un aumento di stipendio.

– E tu lo hai già speso – ammonì Liliana.

– Posso offrirti poco, però desidero che tu sia felice. Lo so che non è un abito o una cena che possono darti la felicità.

– Io sto bene con te, Hassan, tu mi fai contenta; siamo sposati da parecchi anni ed io non mi sono mai lamentata di te, non rimpiango nulla.

– Un figlio del deserto come me aveva paura di renderti infelice.

Liliana rispose – Io ho guardato il tuo cuore, che non era arido come il deserto. Grazie per questi anni meravigliosi che mi hai donato.

Lasciarono a malincuore la città; si allontanava e ora non era che un minuscolo puntino.

Un altro giorno si affacciava all'orizzonte e nuovamente Hassan si recò al lavoro. Lo guardò partire, vide il suo fisico asciutto, il suo volto abbronzato, i capelli neri ricciuti. Al cantiere avevano distribuito la posta, c'era una lettera di Claudio. Finito il turno di lavoro, dopo una doccia, Hassan sedette a colazione, Liliana arrivò dai fornelli con la lettera di Claudio – Ha scritto mio fratello, dice che verrà alla fine del mese a farci visita.

– Puoi dire a Claudio di fermarsi un po' con noi, mi fa sempre piacere rivederlo e godere della sua compagnia.

– Ora si è stabilito definitivamente in Europa, studia, partecipa a delle ricerche. Penso che un giorno o l'altro, sentirà anche lui il richiamo del deserto. Il deserto ammalia, quando ne stai lontano, ne senti la mancanza; glielo chiederemo quando verrà – rispose Liliana.

Andò verso la cucina e ritornò – Ti ho preparato anch'io una sorpresa, un piatto speciale che piace ad Hassan. Solleva il coperchio – continuò la sposina con un sorriso disarmante.

Hassan restò sorpreso – Dove sei andata a impararlo? È il mio piatto preferito; da bambino ne andavo pazzo.

Liliana rise – Semplice, ho chiesto a tua madre i tuoi gusti e mi ha spiegato la ricetta.

– Non mi sono accorto che hai parlato a mia madre di questo...

– Ah, tu non c'eri! Altrimenti non sarebbe stata una sorpresa; ma assaggia...

Portò alla bocca il cucchiaio – Complimenti alla cuoca – affermò con gioia.

– Ho compiuto diversi tentativi, che si sono sempre risolti in un disastro; per questo motivo ho tardato tanto.

– Non preoccuparti – rispose Hassan – sbagliando s'impara, il risultato finale è stato ottimo.

Liliana aspettava impaziente la fine del mese per rivedere Claudio e lui, puntuale come sempre, arrivò. La sua gioia era al massimo; erano riuniti come ai vecchi tempi. Anche Hassan ne era contento; aveva sempre nutrito ammirazione per il cognato. I momenti più belli erano quando si trovavano riuniti attorno alla tavola. Vi restavano seduti per ore. Liliana disse – Hassan insinua che il deserto è incantatore, che quando si è lontani fa udire il suo richiamo.

Claudio sorrise – È vero, perché nel deserto c'è qualcuno che mi aspetta, il mio pensiero è sempre con voi.

Hassan rispose – Claudio, avremmo piacere che tu ti fermassi per un lungo periodo con noi.

– Accetterei senz'altro, se il lavoro non mi richiamasse; però non ripartirò subito, mi fermerò un paio di settimane.

Liliana avvisò Mara – Per due settimane non ci vedremo per il tè del pomeriggio; è arrivato mio fratello e andremo un po' in giro.

– Certo, cara, avviserò io le altre.

Nei giorni che seguirono, lei e Claudio si spostarono continuamente; di tanto in tanto a loro si aggiungeva Hassan, non appena poteva liberarsi dagli impegni di lavoro. Compivano delle brevi puntate in città, oppure si avventuravano un poco nel deserto; volevano sentirsi antichi pionieri. Quando raccontavano delle loro esplorazioni, suscitavano l'ilarità di Hassan, che rideva a crepapelle. In un'occasione, egli disse – Avete visto che la mia teoria funziona? Il deserto vi sta stregando.

– Allora io – intervenne Liliana – diventerò come la fata morgana.

– Ah, questo poi no! – disse Hassan – se tu sparirai, io come resto? La prima settimana era già passata; Hassan desiderava che prima di partire Claudio conoscesse i suoi familiari e glielo propose – Desidererei portarti dai miei genitori, l'altra volta, quando accompagnai Liliana, mi dispiacque molto di non averti con noi; tu eri già partito.

Claudio accettò con piacere; era particolarmente contento di essere presente. Partirono alla volta della casa di Hassan. A Liliana la visita ai genitori di Hassan produsse l'effetto della volta precedente; si sentiva sprofondata in un mondo arcaico. Anche per Claudio l'effetto fu il medesimo, tanto che disse al cognato – Mi sembra di essere sprofondato nella notte dei tempi.

I fratelli e le sorelle li accolsero con la loro ospitalità e gioia abituale. Claudio e Liliana si trovarono ancora a scrutare il paesaggio. Il fratello le disse – Guarda il panorama come muta, non sono più le dune di sabbia che vedevamo dal cantiere. C'è il verde; poco, ma c'è. Esiste un'altra atmosfera. Dal deserto emana il silenzio; qui attorno è un silenzio che vive.

Hassan li raggiunse – Cosa fate? Non scendete? Vi stiamo aspettando.

Liliana spiegò al fratello – È il padre di Hassan, che ogni sera ci riunisce all'aperto intorno al fuoco per raccontare le storie antiche che lui ha udito da suo padre e che si sono tramandate; sono vecchie storie che sembrano rivivere. In questo luogo, tutto appare credibile; sembra che da un momento all'altro ti possano capitare. I personaggi prendono vita e si collocano benissimo nel territorio.

Più tardi, Claudio interrogò Hassan – Tu credi a queste storie?

– No, affatto – rispose.

– Eppure – continuò Claudio – un fondo di verità esiste. Noi strappiamo tutto alla terra; un giorno non ci darà più il petrolio, dovremo cercare una via alternativa.

– Occorreranno ancora molti anni prima che i pozzi si esauriscano, e ci saranno ancora degli altri punti da esplorare. Per ora non pensarci. Buonanotte, Claudio.

L'alba aveva fugato i pensieri di Claudio, tanto da dimenticarli durante il viaggio di ritorno. Dopo tre giorni doveva ripartire. Liliana fu molto dispiaciuta, ed anche Hassan manifestò il suo rincrescimento. Claudio aveva promesso di tornare presto, non appena gli fosse stato possibile.

2

Al lieve bussare all'uscio, Liliana si precipitò ad aprire. Era Mara.
- Entra, le disse -

- Spero che avremo ancora il piacere della tua compagnia, Liliana, ora che tuo fratello è partito.

- Certamente, mi mancavate tanto.

- Sono venuta per avvisarti - riprese Mara - che Fiona e suo marito ritorneranno definitivamente in America. Oggi pomeriggio abbiamo organizzato una festa di addio; è fissata per le tre.

- Verrò senza dubbio.

Liliana sbrigò le solite faccende domestiche. Fece colazione da sola, poiché Hassan lavorava fino a sera. Nell'attesa di recarsi da Mara si stese sul divano, sfogliando un libro. Era un libro che Claudio aveva dimenticato. Si ritrovò così, senza avvedersene, all'orario convenuto. Entrò da Mara. Questa volta non era stata l'ultima; mancava ancora Ingrid. Il suo sguardo girava per l'accogliente salotto trasformato per l'occasione. Dal soffitto pendevano ghirlande di carta colorata. La tavola era apparecchiata con cura e con un pizzico di ricercatezza. Ingrid arrivò e le amiche iniziarono, come al solito, la conversazione, che convergeva appunto sulla partenza di Fiona.

Mara, da padrona di casa, le disse - Spero che quando sarai in America, ti ricorderai di noi.

E Ingrid aggiunse - Potrai scriverci delle e-mail, così noi all'ora del tè le leggeremo e ci sembrerà di averti ancora con noi.

Marion disse – Noi risponderemo, ti parleremo della vita di quaggiù, come se tu fossi presente.

Lory chiese – Dove vi stabilirete? –

– Non più a San Francisco – rispose Fiona – il deserto ci ha abituati alla solitudine, e in una città non ci sentiamo più a nostro agio. Anche se per tutti questi anni abbiamo sognato di ritornarvi.

Liliana prese la parola – Avete già un'idea di dove vorreste andare?

– Oh, sì, Dwight ha acquistato una casetta in campagna; poi, gradualmente, forse ritorneremo in città. Qui ci è mancata la vegetazione, desideriamo aprire la finestra e vedere il verde.

Avevano apprezzato i pasticcini di Mara, quando notarono la sua assenza. Lory andò a cercarla e ritornarono tutte e due con un involucro, legato da nastri. Lo deposero davanti a Fiona – Questo è per te, da parte di tutte noi.

Fiona si accinse ad aprire la confezione; mentre toglieva la carta, vide una rosa del deserto. La prese delicatamente e la guardò; con voce commossa disse – Non potevate farmi regalo migliore, la terrò molto cara nella mia casa, sarà un ricordo di voi, ma mi rammenterà anche un periodo felice della mia vita.

Liliana confidò – Hassan dice che il deserto possiede un fascino particolare; mancano i fiori e la sabbia li compone, plasma il fiore più bello con l'aridità della sua sabbia.

Ingrid le rispose per tutte – Fra un po' d'anni forse ce ne saremo andate, solo tu resterai. Il deserto ti ha stregata, ma anche noi in fondo non lo dimenticheremo.

– Io non ho la prospettiva come voi di tornare, resto vicino ad Hassan, e il deserto diviene per me un amico.

Fiona le abbracciò ad una ad una; le lacrime le impedivano di parlare. Intanto era scesa la sera e ognuna ritornò al proprio alloggio.

Hassan giunse affaticato. Liliana premurosamente gli corse incontro – Ti vedo stanco.

– Sono un po' di giorni che non mi sento bene – dichiarò il marito.

– Hai lavorato troppo, dovresti prendere un periodo di riposo – lei gli suggerì dolcemente.

– Non è possibile; parte Dwight e ci vorrà del tempo prima che lo sostituiscano.

Si sedette su di una poltrona e scorse il giornale. Liliana armeggiava attorno ai fornelli, stava preparando la cena. Hassan le commentò le notizie che aveva appena letto, ma notò che la moglie non lo ascoltava. – Cosa c'è, Liliana, qualcosa ti preoccupa?

– Devo dirti una cosa...

– Non avrai paura di me, spero? – le disse avvicinandosi – Coraggio, non esistono segreti tra di noi.

Liliana fissò il suo sguardo negli occhi neri del marito – Aspetto un bambino.

Vide un lampo di gioia negli occhi di Hassan, mentre le formulava una domanda – Perché non l'hai detto subito?

– Non ero sicura. Sei felice?

– Oh, certo! Ho sempre sognato di avere un figlio da educare, diversamente da come sono cresciuto io.

Liliana sorrise – Pensavo che non saresti stato contento; sembrava volessi attendere ancora per un periodo di tempo.

Negli occhi di Hassan c'era un'espressione di contentezza ma anche di preoccupazione. – Devi riguardarti. Ti aiuterò io; farò venire una mia sorella.

– No, Hassan, saremo soli tu ed io ad aspettarlo.

Liliana conduceva una vita molto ritirata; il pomeriggio il solito appuntamento in casa di Mara, la quale le dava dei consigli sulla preparazione del corredino, che voleva confezionare da sola, per ingannare l'attesa. I mesi passavano e un piccolo venne ad allietare la loro casa. – Lo chiameremo Huarì, come il nonno paterno – annunciarono.

Il lieto evento richiamò Claudio per un altro periodo di tempo. Liliana lo accolse felice, come sempre quando tornava. – Sei diventato zio, questo è tuo nipote – gli disse mostrandogli un fagottino strillante.

Le donne venivano a turno ad aiutarla; ogni bambino apparteneva un po' alla comunità. Claudio era sempre più assillato dalle sue ricerche.

Il tempo passava velocissimo e il bimbo cresceva, era chiacchierino e vispo, girava per la casa e distruggeva tutto ciò che gli capitava a tiro. – Mamma, voglio vedere com'è fatto – diceva presentandogli un giocattolo dello zio Claudio, ridotto in pezzi.

Spazientita Liliana rispondeva – Ma non è possibile che debba disfare tutto. Puoi chiedere a tuo padre la spiegazione; hai demolito tutti i giocattoli che ti ha regalato lo zio Claudio.

Huarì giungeva alla sua conclusione – Lo zio ne porterà degli altri quando verrà, ma se non si possono distruggere che giocattoli sono?

Di fronte ad una tale logica disarmante Liliana non poteva che acconsentire. – E va bene, ma d'ora in poi li smonterai quando ci sarà papà, così in più avrai la spiegazione che cerchi.

Il bimbo parve calmarsi, ma poco dopo udì un gran rumore giungere dalla cucina. Sei o sette piatti erano per terra in frantumi e i cocci sparpagliati dappertutto – Non mi dire che volevi vedere com'erano i piatti all'interno? – chiese la mamma, un poco infastidita.

– No, mamma, sapevo com'erano fatti, i piatti; volevo prendere la mia merendina, ed ho urtato – dichiarò mortificato il bimbo.

– Dovresti chiamarmi, Huarì.

– Non volevo disturbarti, mamma.

E ancora il tempo passava. Huarì aveva compiuto cinque anni. Liliana non soffriva più di solitudine, era contenta con Hassan e Huarì. Un giorno Hassan le disse – Huarì sta crescendo un po' viziato, ci vorrebbe un altro fratellino.

Invece, ad Huarì non nacque un fratellino, ma una sorellina; la chiamarono Martina. Huarì in un primo tempo si sentì defraudato. Si era rifugiato dal padre – Papà, la mamma non mi vuole più bene; guarda solo quella cosa lì che strilla sempre.

– Huarì, è la tua sorellina.

– Ma papà, non gioca, non sa far niente, è tutta sdentata...

Devi lasciarla crescere, è molto piccola e noi dobbiamo avere cura di lei, la mamma vuole bene anche a te, solo che in questo periodo deve riservare più cure a Martina.

Il bimbo sembrò convinto dalle argomentazioni, ed il tempo passò anche per Martina. Il fratellino aveva per lei una specie di adorazione; la proteggeva sempre, in qualsiasi situazione. La bambina era graziosa, ma aveva un carattere dispotico, otteneva sempre quello che voleva e tutti la assecondavano.

Arrivò il momento di decidere dell'educazione scolastica di Huarì. Hassan ne parlò a Liliana – Huarì dovrebbe iniziare la scuola, questo è un problema che va risolto.

– Siamo distanti dalla città, non posso accompagnarlo tutti i giorni a scuola – asserì Liliana.

– Hai ragione, potremmo insegnargli noi; poi, quando sarà più grande, vedremo...

E così Huarì restò a casa, ed ebbe come insegnanti i genitori e Mara, che era stata maestra. Apprendeva facilmente e si prendeva cura di Martina, che ricambiava il suo affetto. Le nozioni che imparava, le spiegava alla sorella, che non le capiva e se ne usciva in sonori strafalcioni, procurando il divertimento di tutti i presenti. Però lei ricordava le parole di cui non conosceva il significato e le introduceva in tutti i discorsi, rendendoli strani e talvolta incomprensibili.

Martina giocava con la sabbia; si rovinava tutti i vestitini e piangeva quando la madre la immergeva nell'acqua per toglierle la polvere. Non pensava ad altro che pasticciare con la sabbia. Sembrava legata al deserto, molto più di suo fratello. Raccoglieva la sabbia e la faceva scorrere fra le dita, e intanto che il fratello apprendeva sotto la guida della madre, se ne stava per ore ed ore stringendo la sabbia nei pugni, in un chiaro segno di possesso.

Gli anni passarono; Huarì era già grandicello, Martina aveva iniziato la sua istruzione presso i genitori. Hassan tornando dal lavoro, disse alla moglie – È tempo che Huarì prosegua gli studi, è necessario che si rechi in città, poi quando sarà più grande, lo manderemo da Claudio per completare la sua istruzione. Tuo fratello ha già espresso il desiderio che i nostri figlioli lo raggiungano e completino la loro formazione in Europa.

Liliana divenne triste alla prospettiva – Mi dispiace vederli andar via.

– Non ti rendi conto che stanno crescendo.

– È vero, però per me sono sempre piccolissimi.

Hassan continuò in tono rassicurante – Dovrai attendere ancora qualche anno prima di separarti, Martina studia ancora con noi.

Quando era il suo giorno di riposo, Hassan aveva preso l'abitudine di condurre la famigliola sempre in posti diversi. Questo per appagare la curiosità di Huarì, che si mostrava sempre avido di conoscere tutto. Non così era per Martina. Lei era felice solo di spingersi nel deserto; sembrava il suo elemento naturale, si sentiva a disagio in città. Ma forse era ancora piccolina, e poi odiava la città perché sapeva l'avrebbe separata da Huarì. Infatti, non avrebbe potuto durante il giorno giocare con lui; doveva attendere la sera.

Avevano deciso che Huarì sarebbe andato con Alan, ed i due padri a turno li avrebbero accompagnati. A sera Huarì non trovava il tempo per giocare con Martina; doveva studiare. Lei se ne stava tutta sola e diceva alla madre – Perché non mi dai tanti compiti?

– Quelli che svolgi sono già sufficienti.

– Oh, ti prego, mamma, almeno potrei stare con Huarì.

– Non devi disturbarlo piccola, sta studiando; quando avrai la sua età, toccherà a te, lui ti aiuterà, metterà a tua disposizione il suo bagaglio di conoscenze.

Martina parve accettare la spiegazione, però durante il giorno appariva svogliata, non si era ancora abituata all'assenza del fratello.

Passarono altri anni ancora; erano trascorsi sereni, allietati dalla fugace presenza dello zio Claudio, che di tanto in tanto rendeva loro visita, ed era tanto atteso per i molti regali che portava con sé, ma non solo per quello, era la profonda simpatia che emanava. Martina aveva per lo zio una specie di venerazione, tutto ciò che lui diceva, era legge; il suo carattere ribelle si domava solo con lui ed il fratello. Quando lo zio arrivava, si preannunciava sempre tramite e–mail, ed era una festa per tutta la famiglia. Contavano i giorni, persino le ore nell'attesa dell'arrivo.

Martina fu la prima a vedere lo zio Claudio. – Sei cresciuta, signorina – le disse abbracciandola e sollevandola da terra.

Insieme si recarono da Liliana. Lei lo informò che Hassan e Huarì sarebbero tornati in poco tempo. Infatti, udirono già la vettura fermarsi. Padre e figlio entrarono e sorrisero a Claudio – Finalmente ti si rivede da queste parti, caro cognato.

– Sono stato come al solito molto impegnato; i miei studi mi hanno privato della vostra gradita compagnia.

– Non te ne andrai troppo presto, vero zio? – chiese Huarì – devi seguire i miei progressi negli studi.

– Li vedrò, ma ora sediamoci a tavola e parlatemi di voi.

Martina attendeva che lo zio aprisse la borsa, ed aveva gli occhi fissi su di lui. Come sempre, per la bimba, quegli oggetti che riceveva rappresentavano una rarità, dei veri tesori. Claudio capì che non l'avrebbe ascoltato finché non avesse soddisfatto la sua curiosità, e finalmente si accinse ad aprire la borsa e da essa estrasse un involucro. – A Martina ho portato uno scialle–annunciò, aggiungendo subito – Ora sei cresciuta.

– Grazie zio, adesso me lo metto; guarda se mi sta bene – disse, mentre lo avvolgeva intorno alle spalle graziosamente.

– Stai benissimo, sei deliziosa – affermò teneramente lo zio.

Altri regali seguirono, per Liliana, Hassan, Huarì. Hassan e Claudio si appartarono, lasciando Liliana con i figli.

– Come va il petrolio? – chiese Claudio

– Il giacimento lo possiamo sfruttare ancora per molti anni, avrò lavoro sino a che diventerò vecchio – dichiarò Hassan.

– Molto bene, riuscirai a crescere i tuoi figli, altrimenti ci sarò sempre io. Qualsiasi cosa ti occorrerà chiedilo pure, sarò ben lieto di aiutarti.

Hassan volle un consiglio dal cognato – Avevo pensato appunto di parlarti; Huarì è ormai all'ultimo anno dei suoi studi, mi piacerebbe venisse con te in Europa per perfezionarsi.

La risposta non si fece attendere – Certamente Hassan, lo terrò presso di me, come pure sarà per Martina quando avrà ultimato gli studi.

Hassan con gratitudine disse – Sapevo di poter contare su di te, Liliana ne sarà contenta.

Huarì fu molto felice, sapendo che sarebbe andato a continuare gli studi con lo zio; soprattutto lo affascinava l'idea dell'Europa. Meno entusiasta si dimostrava Martina, che si vedeva già privata del fratello.

La madre la rassicurò – Lo raggiungerai anche tu, tra qualche anno; non vorrai lasciarmi sola adesso?

– No, mamma, solo mi dispiace non vedere Huarì per qualche tempo.

– Dispiace anche a noi separarcene – disse il padre – ma dobbiamo convincerci che è per il suo bene, poi ritornerà e sceglierà il lavoro che vorrà.

I mesi passarono come sempre veloci e Huarì raggiunse lo zio. Senza di lui la casa sembrava vuota, i giorni si susseguivano sempre uguali. Anche lei aveva imparato a recarsi con la madre da Mara. C'era anche Alan, per il quale nutriva simpatia. Martina ed Alan conversavano, il ragazzo le stava dicendo – Io mi fermerò a lavorare ai pozzi, sono nato nel deserto, mi piace stare qui – poi improvvisamente – quanti anni hai, Martina? –

– Diciassette, Alan.

– Spero che anche tu ti fermerai qui – annunciò il giovane.

– Sicuro, sono figlia del deserto, come mio padre. Non penserai che lo lasci, è parte integrante della mia vita.

Il ragazzo continuò con una domanda – Sei certa che non seguirai tuo fratello?

– Sì, lo raggiungerò, ma non per sempre, poi tornerò qui.

– Quando sarai in Europa, non mi dimenticherai?

– Dimenticarti? Ma che idee Alan, come potrei dimenticarti?

– Ci tengo, Martina, al tuo ricordo... – concluse Alan con tono affettuoso. Uscirono sotto il sole cocente.

Intanto Ingrid annunciava – Tra qualche settimana partiremo anche noi.

– Questo è l'anno delle partenze – disse Mara – io resterò ancora per un po' – aggiunse.

Lory disse, alzandosi – Ho sentito che arriverà una nuova coppia; sembra sia un inglese, la moglie è una di qui.

– La inviteremo da noi – disse Liliana.

– Lei però non avrà problemi di solitudine – osservò Mara.

In capo a due settimane Ingrid era partita e già l'altra coppia si era installata. L'inglese aveva iniziato il lavoro, si trovava bene, ed era contento per la moglie, che desiderava tornare al suo paese.

L'invito di Mara partì immediatamente: la vide che usciva dal suo alloggio e la raggiunse – Noi donne usiamo riunirci al pomeriggio per il tè, se vuoi venire anche tu sei ben accetta.

– Volentieri – rispose la donna.

Il giorno seguente, da Mara, con curiosità aspettavano la nuova venuta. – Vi dico che è molto bella – sosteneva Mara nell'attesa. Infatti, quando entrò, le altre la notarono con ammirazione; Liliana la osservava, possedeva qualcosa della bellezza di Hassan. Non assomigliava per niente a lui, eppure dal suo sguardo emanava un non so che di affascinante, di magico, ed ancora il ricordo delle notti fantastiche del deserto, evanescente, eppure reale.

Si riscosse; Mara stava già facendo le doverose presentazioni – Lory, Marion, Liliana...

Quando giunse a Liliana, ed ebbe tra le sue la mano di lei, atteggiò la bocca a un sorriso – La moglie di Hassan – proclamò – mio marito lavora con lui, mi ha detto che è del mio paese.

– Sì – mormorò Liliana.

– Io mi chiamo Nasik, suppongo che voi non vediate l'ora di ripartire, al contrario di me. Vivevo in Inghilterra; vi sembrerà strano, ma mi mancava la solitudine del deserto. Io sono nata qui, capite? Sono tornata per restarci.

– Anche tuo marito lo desidera? – chiese Lory.

– Sì, lui aveva lavorato qui molti anni fa, all'epoca in cui lo conobbi. Solo Liliana ed io rimarremo. Suo marito non lascerà questa terra, ritornerà a morire nella sua sabbia.

– Accantoniamo i discorsi di morte; ci fermeremo finché ci sarà lavoro – rispose Liliana.

Nasik proseguì – I pozzi non si esauriscono facilmente, poi ci sono altre zone da trivellare; se qui finiscono, ci sposteremo, seguiremo il petrolio nei suoi nascondigli.

– Mio fratello, in Europa – disse ancora Liliana – pensa che in un prossimo futuro bisognerà prepararsi a un'energia alternativa, che sostituisca il petrolio, perché questi, presumibilmente, si esaurirà.

Nasik sorrise – È lo spauracchio degli europei, ma il deserto non è avaro, ne darà di oro nero. Voi non la conoscete questa sabbia.

– Come hai fiducia nella tua terra, che facilità hai di sovvertire le teorie degli scienziati – rispose ancora Liliana – sei come Hassan.

– No, non sono come lui, solo il deserto ci lega; per noi la sabbia nasconde la vita, ciò che per voi è insidioso, per noi è amico.

Le belle ciglia battevano sugli occhi scuri, che brillavano; la sua pelle ambrata metteva in risalto il candore dei denti. Sollevò graziosamente la tazza e ne sorseggiò il contenuto – Ottimo, squisito, v'insegnerò a preparare il tè alla menta, come lo offrono i nomadi agli ospiti. Grazie dell'invito, a domani.

Se ne andò; aveva prodotto sensazione e le signore si scambiarono i pareri.

A casa Martina la attendeva, si era avvolta nello scialle – Mamma, hai tardato oggi.

– Sì, è venuta Nasik, la moglie dell'inglese che lavora con papà.

– Ebbene, è simpatica? – la interruppe Martina.

– Parla con le stesse convinzioni di tuo padre.

Martina si chinò a raccogliere un libro che aveva urtato – Mamma, penso che io piaccia ad Alan.

Liliana non mostrò sorpresa, pensò a un'infatuazione e disse – Da cosa lo deduci?

– Mi ha detto che se mi recassi all'estero di non dimenticarlo.

– Tutto qui?

– No. Mi ha chiesto se poi torno.

– E tu che hai risposto?

– Quando avrò terminato gli studi tornerò, perché qui sono nata.

– E lui che intenzioni ha?

– Di restare, vuole lavorare qui.

– Non hai nulla in contrario, se quando sarò dallo zio, manterrò i contatti?

– No Martina. È un bravo ragazzo, se vi vorrete davvero bene, si vedrà al tuo ritorno, il tempo deciderà per voi; e ora a letto, è tardi.

– Buonanotte, mamma.

Liliana si mise alla finestra, in contemplazione del deserto. Un tempo attendeva che Hassan rientrasse, poi c'erano stati i figli da cullare e tante faccende. A quella finestra si era affacciata ben poco e quella notte voleva aspettare Hassan, come una volta.

Il marito non rientrava che verso l'alba, ma lei non aveva sonno. Hassan la vide e subito si preoccupò – Non stai bene? – le chiese entrando.

– No, perché ti meravigli? Ai vecchi tempi ti aspettavo –

– Era molto che non lo facevi più – rispose Hassan, avvicinandola a sé e accarezzandole i capelli – pensavo mi avessi dimenticato.

– Hassan, perché non me lo hai detto? Avevo i bambini da vegliare, di giorno dovevo sorvegliarli, insegnargli a leggere e scrivere, È vero, tu mi aiutavi, ma io avevo tanto da fare, ed ero stanca di sera.

– Lo so cara, a volte rientrando ti trovavo addormentata, lo so che le mogli quando hanno i figli trascurano un po' i mariti. Ero felice e nel contempo geloso, mi rubavano il tuo affetto.

– Oh, Hassan! Non dovevi pensarlo nemmeno lontanamente; il mio affetto per te è rimasto immutato, nessuno ha preso il tuo posto nel mio cuore. Solo non trovavo il tempo per dimostrartelo. Quando mi trovavi addormentata, era te che aspettavo. Il sonno mi chiudeva le palpebre, ed io mi svegliavo al mattino con una sensazione di colpevolezza; quando mi rigiravo tra le coperte, sapevo che eri tu che mi avevi portata a letto.

– Lo so che mi ami Liliana. Anche i nostri figli ci vogliono bene, Huarì ha fatto progressi e Martina pure... – riprese il discorso Hassan, eccitato dalla situazione.

– Va a riposarti Hassan, sei stanco. – Concluse la moglie in tono comprensivo.

3

Il treno si fermò alla stazione di Vienna; Martina raggiungeva il fratello in Europa. Era una fredda mattina d'inverno, la ragazza si sporgeva dal finestrino, mentre il convoglio entrava in stazione, dove erano ad attenderla il fratello Huarì e lo zio Claudio. C'era molta gente in attesa e altrettanta ne scendeva dal treno. Il fratello e lo zio l'avevano individuata subito, poi l'avevano persa di vista. Attesero che i viaggiatori si diradassero e contemporaneamente dalle due parti si avvistarono. Huarì e Claudio si affrettarono verso di lei – Benvenuta Martina, ti condurremo subito a casa – dissero abbracciandola.

Lo zio andò a recuperare l'auto parcheggiata e fratello e sorella si avviarono verso l'uscita. Huarì le camminava accanto con la sua valigia. Percorsero un viale alberato; Martina osservava attentamente quella città, così diversa da quella dove solitamente andava.

Lo zio osservandola, chiese – Ti stupisci, Martina?

– Certo, zio, è tutto così differente.

– Eppure tuo fratello ed io ti abbiamo descritta questa vecchia Vienna.

Martina si voltò verso di loro ed esclamô – Ma mi piacerà, vedrete!

La vettura rallentò, mentre imboccavano una stradina laterale, che conduceva verso una casa dall'aspetto austero, recinta da una cancellata, dalla quale s'intravedevano, dove i rampicanti lasciavano degli spazi liberi, degli squarci di prato all'inglese, e un acciottolato, che portava davanti alla pesante porta d'ingresso.

– Siamo in una zona tranquilla – disse lo zio – è poco distante dal centro, ma vedrai, esprimerai il tuo parere dopo che l'avrai visitata.

Huarì venne ad aprire il cancello e lo zio depositò Martina proprio davanti all'ingresso. Entrarono, le si presentò una dimora antica dagli arredamenti moderni; una scala portava ai piani superiori, lì erano situate le camere – Questa è la tua camera, la finestra si affaccia sul retro, guarda...

Martina si avvicinò, spalancò le imposte e guardò stupita, molti alberi di alto fusto univano il loro fogliame, come a formare un tappeto verde sospeso; guardò Huarì con fare interrogativo. Lui rispose al muto appello – Sono i sempreverdi, alberi secolari, vecchi quanto Vienna; ma vieni, la visita alla casa non è ancora terminata.

– Ecco la cucina – disse lo zio – cuciniamo noi; per oggi, in previsione del tuo arrivo, abbiamo saccheggiato una gastronomia.

– Non capisco perché avete affittato una casa così grande – disse Martina.

– Ma cara, ci occorre – si affrettò a spiegarle lo zio, – hai dimenticato i nostri esperimenti? – Così dicendo la condusse in un ampio locale. C'erano ogni tipo di aggeggi.

– Io non ne capisco nulla, so solo che il riordino della casa vi toglierà molto tempo.

– Martina, sei come tua madre, vai subito al sodo. Abbiamo pensato anche a questo e ci siamo procurati una donna a ore, per sbrigare le faccende domestiche.

– Siamo in buoni rapporti con il vicinato – intervenne Huarì – se vuoi, puoi approfondire la loro conoscenza.

– No, no, prima preferisco approfondire la conoscenza con la città, e ora se permettete, vado a riposarmi, scenderò per l'ora di pranzo.

Quando si fu ritirata, zio e nipote si scambiarono opinioni su di lei

– È sempre la solita, il suo carattere un po' strano e autoritario torna a galla.

– Mi domando se Vienna la cambierà – riprese lo zio, poi aggiunse – e ora al lavoro, non ci restano che due ore, dobbiamo sbrigarci.

Martina, dalla sua cameretta, udì i dodici rintocchi e pensò di scendere per il pranzo. Entrò in cucina e vide che i due scienziati avevano dimenticato sul tavolo i loro acquisti, accuratamente avvolti nella carta. Si pose al lavoro, e in pochi minuti apparecchiò la tavola, disponendo quelle stupende leccornie, che appagavano la vista e dovevano essere altrettanto appetitose. Già mezz'ora era passata e nessuno si presentava. Si avviò verso lo studio, bussò e chiamò – Zio, Huarì, è tutto in tavola.

La porta si aprì e comparvero i due – Scusaci, proprio non ci rammentavamo che mezzogiorno fosse già passato.

– Eravate presi dai vostri esperimenti – concluse Martina.

Anche a tavola il discorso proseguì – Stiamo cercando l'energia alternativa al petrolio; fra poco non ne avremo più a disposizione. Per l'umanità, il suo esaurimento equivarrebbe a un passo indietro.

Huarì spiegò alla sorella – Vedi, noi siamo riusciti a produrre una sostanza sintetica che si avvicina al petrolio, però ha degli inconvenienti, che dovremo riuscire a eliminare.

– Va bene – disse Martina – continuate pure a studiare, però a tavola non ne vorrei sentir parlare. Non mi piace la prospettiva della fine del petrolio, quando non ne troveremo più sulla terra, potremmo andarlo a cercare, che so io, su un altro pianeta, oppure nel mare, è lui che ci darà il cibo.

Claudio la guardò sorridendo – E brava, Martina, dove hai imparato tutto questo?

– Quando eravamo a casa, Huarì studiava ad alta voce sui tuoi libri.

Intanto sparecchiava la tavola; tra una parola e l'altra, avevano divorato tutto. Lo zio propose – Domani, Huarì ed io ti condurremo a visitare la città, che per qualche anno sarà tua.

Il fratello e lo zio erano tornati al lavoro. Lei era scesa in giardino e notava tutta quella profusione di verde, al quale non era abituata, l'erbetta tenera del prato all'inglese, l'edera rampicante, gli alberi dai grandi fusti, e pensava al suo deserto, a quella sabbia fine che il vento alzava, alle dune che si formavano e si disfacevano e non un filo d'erba, eccetto quella rara vegetazione delle falde acquifere in pre-deserto.

Aveva freddo, non essendo abituata al clima. Rientrò per coprirsi, pensò sarebbe stato meglio dormire un po'. Il viaggio l'aveva stancata; e poi era la prima volta che andava tanto lontano.

L'indomani giunse e destò Martina, che si sentiva riposata, la stanchezza del viaggio scomparsa. Aveva voluto percorrere un tratto in treno, appunto per ammirare il paesaggio. Huarì le disse – Se ti senti, oggi, avrei deciso di accompagnarti alla visita della città. Penso di essere un'ottima guida; anche lo zio verrà e mi darà una mano.

Lo zio Claudio, Huarì e Martina si diressero verso il centro storico, però primo fra tutti le mostrarono il Prater. Claudio disse – Ho voluto iniziare da qui, questo grande parco di divertimento dei viennesi.

Martina fissava estatica la grande ruota. Huarì si offrì di accompagnarla – Vuoi ammirare il panorama dall'alto?

Prima che lei potesse rispondergli, aveva già acquistato i biglietti. La gigantesca ruota era in movimento e si preparava a portare Huarì e Martina alla sommità; già vedevano lo zio Claudio piccolissimo. Martina provò un senso di vertigine e si strinse al fratello, in cerca di protezione – Non aver paura e guarda, ammira Vienna dall'alto.

Guardò verso il basso e provô ancora la stessa sensazione di vertigine, mentre la ruota giungeva alla sommità e già iniziava la discesa. Si fece coraggio – È stupenda.

– La giornata è limpida, il cielo terso, la città si fa ammirare come un pavone – disse Huarì.

La ruota scendeva dolcemente, dopo aver regalato i brividi a Martina.

Claudio li attendeva – Eccovi discesi dall'Olimpo, è una visione degna degli dei. – Salirono in vettura e continuarono le loro esplorazioni. Dopo poco apparve una costruzione; lo zio spiegò – Ecco il teatro dell'opera, vi si tengono dei concerti, dove vengono eseguite le melodie della famiglia Strauss, tutti musicisti che hanno dedicato a Vienna le loro composizioni. Per capodanno, nella Sala Dorata del Musikverein si tiene un famoso concerto, dove vengono eseguite, per la maggior parte, queste musiche a cui Vienna è fedele.

Sostarono in un bar vicino, un caratteristico caffè viennese – ordineremo degli strudel, sono dei dolci molto buoni – disse Huarì – ne vado pazzo.

Per Martina, invece, fu il momento di assaggiare la famosa Sacher, la torta viennese.

Da ultimo passeggiarono sulle rive del fiume. Martina guardava ammirata.

– Ti piace la vecchia Vienna? – chiese Huarì.

– È molto bella – rispose – non dimostra le rughe, è sempre giovane.

– Ha saputo invecchiare bene – disse Claudio; intanto imbruniva.

Martina dormì sino a giorno inoltrato; il sole che filtrava dalle imposte non l'aveva destata. Sognava sempre la sabbia del deserto. Scese in cucina, trovò le due tazze della colazione abbandonate, con un foglio zeppo di annotazioni. In casa non c'era nessuno; suo fratello probabilmente era andato all'università. Lo zio si era recato al lavoro. Sarebbero ritornati per proseguire privatamente le loro ricerche; non poteva fare affidamento sulla loro compagnia. Ritornò in camera sua, decise di scrivere una e–mail ai genitori, li voleva informare di come si era già ambientata. Un'altra mail partì all'indirizzo di Alan. La distanza le faceva sentire ancora di più la mancanza. Forse era stato tutto quel cambiamento improvviso. Si sentiva come una pianta sradicata dalla sua terra. Le radici, trapiantate in un altro terreno, stentavano ad attecchire, ma non l'avrebbero mai portata via, era ancorata alla sua terra. Non così sembrava per Huarì, che si sentiva a proprio agio e di straniero conservava solo il nome.

La sera, quando fratello e zio tornarono, Huarì le disse – Scusaci se ti abbiamo lasciata sola, oggi ho parlato per la tua ammissione al corso. Domani ti condurrò all'università.

– Almeno mi passerà il tempo – rispose Martina.

– Conoscerai ragazze e ragazzi della tua età, ti farà bene la loro amicizia – concluse Claudio.

– Sai zio, io sono un carattere introverso, non mi piace coltivare amicizie.

Huarì rise – Martina sei una piccola selvaggia, ma l'aria di Vienna ti cambierà.

– Qualsiasi aria spiri, non potrà modificarmi.

Interruppe la voce dello zio che invitava Huarì a raggiungerlo nel locale adibito a laboratorio scientifico, per continuare le ricerche. Rimase di nuovo sola ad attendere che terminassero i loro esperimenti, ma l'attesa si prolungava ed era già tardi. Quando entravano in laboratorio, perdevano la cognizione del tempo. Si rassegnò ad andare a letto. Quando sulla porta finalmente ricomparve Huarì – Mi stavi aspettando? –

– Sono passate diverse ore.

– Volevi qualcosa, Martina?

La ragazza chiese – Non senti mai la nostalgia della nostra casa, del deserto?

Il fratello la guardò meravigliato – Che idee, una vera e propria nostalgia non la sento, avverto invece la mancanza di mamma e papà.

– Ti vedo così integrato qui – proseguì Martina – sembri del luogo.

– Vedi, qui posso studiare, operare nel campo della ricerca...

Lei lo interruppe – Anche tu non ami il deserto, pensi sempre che tutto finirà, esiste ancora tanto spazio da trivellare.

– Io mi sento realizzato qui; il mio scopo, ed anche quello dello zio, è di trovare un'energia alternativa. Le risorse della terra sono tante, ma tutte si esauriscono; non si devono sciupare le risorse terrestri indiscriminatamente. Ai nostri posteri, non dobbiamo lasciare una terra spogliata dei suoi beni. Riusciremo nel nostro intento per il bene dell'umanità.

– Forse hai ragione, Huarì, ma se non approderete a niente?

– Tutto è sperimentale. Occorreranno degli anni, ma sono convinto che troveremo una soluzione; e ora a letto, domani ti aspetterà una giornata intensa.

Il corso al quale era stata iscritta la ragazza era riservato agli stranieri. Una ventina di giovani sedevano in ascolto del professore; la lezione terminò, Tutti guardavano la nuova arrivata, le mossero incontro e si presentarono. Una ragazza fungeva da intermediaria – Mary, dell'Ohio – proclamò porgendola la mano.

– Meg, da Londra – aggiunse un'altra.

– Corinne, dalla Francia.

Altri nomi di ragazze e ragazzi si susseguirono, ma quelli che a lei parvero i più simpatici e con i quali si soffermò di più furono un giovane giapponese e un americano, Toshiro ed Henry, rispettivamente.

Gli altri si erano già dispersi, restava solo un gruppetto intorno a Martina. Meg disse – Attendiamo il professore. Infatti, dopo una decina di minuti, il professore uscì. Un coro di voci si levò a salutarlo.

– Come mai ancora qui, ragazzi?

– La stavamo aspettando; volevamo presentarle la nuova allieva.

– L'ho notata – e volgendosi a Martina – ho visto che seguiva con interesse la lezione; sono certo si troverà a suo agio, i suoi compagni di corso sono molto gioviali.

Martina prima di rispondere lo guardò. Era un uomo sulla cinquantina, con i capelli brizzolati e un aspetto un po' trasandato. Lo giudicò favorevolmente, degno di godere della sua simpatia, che accordava a così poche persone. Infine, pacatamente, dopo la sua analisi, rispose – Senza dubbio, ne trarrò beneficio dai suoi insegnamenti e dalla compagnia degli allievi.

Lui le tese la mano – Voglia scusarmi, ma ho un impegno importante. – Poi, improvvisamente proclamò – Non mi chiami professore, sono Hans; vale anche per voi ragazzi, è più familiare. Ci pensate voi a invitarla a partecipare alla nostra gita? Arrivederci.

– Che uomo, il professore – intervenne Meg.

– Io penserei – disse Ramon, il ragazzo spagnolo – d'informarla che abbiamo programmato un'escursione in una località vicina.

– E tutti noi parteciperemo – interruppe Corinne – anche il professore, cioè Hans, sarà presente.

Huarì la venne a prendere e la trovò con il gruppo. Sorpreso, le disse – Mi fa piacere constatare che hai già fatto amicizia.

–Corri troppo Huarì; l'amicizia non è la semplice conoscenza, si fonda su basi ben più solide e non effimere. Tutti i ragazzi l'avevano desiderata, quella giornata all'aria aperta. Avevano scelto un paese rurale e la pace che emanava dalla campagna produceva un effetto benefico. Era appena iniziata la primavera e tutto rappresentava un inno alla vita, metteva addosso una certa allegria. C'era una collinetta e vollero salire per vedere ciò che si presentava dalla parte opposta. Un sentiero s'inerpicava dolcemente; si trovò vicino Toshiro, che cominciò a parlarle della sua terra. A un tratto, Martina lo vide chinarsi e cercare tra l'erba.

– Hai perso qualcosa? Vuoi un aiuto?

– Sto cercando "nazuna"; è una pianticella selvatica. Nazuna è in giapponese, qui mi sembra si chiami "borsa di pastore". – Parlando come a se stesso, riprese – No, non c'è. Tu non nutri interesse per la botanica?

La ragazza rise – Io sono nata nel deserto, sono sempre vissuta a contatto con la sabbia, la poca vegetazione, non favoriva di certo il mio contatto con la botanica; poi, non puoi pretendere di trovare le medesime piante della tua terra in un altro continente...

– I giapponesi amano la natura, si sentono legati ad essa – rispose Toshiro, raddrizzandosi. Dovresti vedere la fioritura dei ciliegi, che spettacolo. Il discorso verteva sui samurai e sull'antica civiltà nipponica; era un buon conversatore, intelligente e arguto. Già alcuni erano arrivati sulla cima della collina; loro si erano attardati alla ricerca della pianticella, che l'esperta guida di Toshiro, innamorato della natura, le additava.

Meg li guardava salire e gridò – Sbrigatevi, mancate solo voi; pensate di arrivare prima del tramonto? Altrimenti perderete lo spettacolo...

Martina affrettò il passo, seguita da Toshiro. Il panorama era stupendo. I ragazzi sostarono e si scambiarono le proprie opinioni, poi si sparpagliarono scendendo. Questa volta Martina si trovava vicino al professore, scendevano insieme – Come si trova a Vienna? – le chiese educatamente l'insegnante.

– Mi sto ambientando; non è stato facile, ma la città mi piace.

– Bella giornata oggi – proseguì Hans – non mi capita spesso di trascorrere giornate serene, come questa.

Un piacevole sole dava una sensazione di benessere, accarezzava la pelle di Martina, abituata al cocente sole del suo paese. Lei ne godeva piacevolmente, dopo essere uscita dal freddo dell'inverno. – Non ha portato sua moglie, Hans? – gli chiese.

– Non sono sposato.

– Avrei supposto di sì; è strano.

– Cosa, strano? – chiese Hans, curioso.

– Un uomo intelligente come lei, che bandisce dalla sua vita l'amore.

– Si può vivere ugualmente, senza amore.

– Sì, però senza amore la vita diventa arida. Almeno una volta nell'arco della propria esistenza, si prova amore verso un'altra persona.

– Non ho mai amato – riconfermò il professore.

– Non può essere – continuò la ragazza – quello che lei afferma è una difesa che si è instaurata, per preservarla da altre delusioni. Risalendo a monte del problema, lei deve aver amato molto intensamente una persona.

Il professore replicò con una domanda – Ha studiato Freud, signorina Martina?

– Su un libro di mio zio.

– Ed io sarei il suo oggetto di studio?

– Oh, no! Io cerco solo di aiutare il prossimo; mi scusi se ho voluto entrare nella sua vita privata.

Il professore disse soltanto – A volte, quando sono troppo stanco per studiare, mi sento solo, e ho paura di aver sciupato l'esistenza.

– Hans, io l'ascolto durante le sue lezioni, le posso assicurare che non sono parole inutili, spese invano, noi le assimiliamo e ci aiuteranno nel nostro cammino.

– È consolante sentirsi rispondere queste cose – disse il professore.

– Non lo dico per adularla, è la verità – insistette Martina.

– Mi ha detto che ha già preso contatto con la città, però penso che certi ambienti della Vienna imperiale, rimasti intatti nel tempo, non li abbia visitati, dei circoli letterari. Accetterà la mia guida?

– Infatti, mio zio e mio fratello non hanno mai del tempo disponibile, stanno sempre a studiare. Sarà veramente un piacere scoprire la città che mi ospita, conoscerla non solo attraverso i suoi monumenti, ma anche internamente, la cultura che la anima.

Erano scesi dalla collina e camminavano per i campi, si stavano ricongiungendo al gruppo. Toshiro era andato loro incontro con un notes e mostrandolo – Ecco, guardate, ho segnato tutti i tipi di piante che ho trovato.

Meg arrivava di corsa trafelata, con una palla – Ho giocato tutto il tempo con Mary, come sono stanca! – disse ravviandosi i capelli.

Corinne propose – Potremmo costituire una squadra di pallavolo.

– Buona idea – risposero a una voce – siamo molto uniti, anche se veniamo da paesi diversi, potremmo sfidare le altre facoltà. La sera calava, ed era tempo di lasciare la campagna.

Le lezioni ripresero all'università, Martina ormai si era affiatata con il gruppo, anche se aveva iniziato il corso in ritardo, e spesso uscivano in comitiva. Toshiro l'aveva presa in simpatia, e ogni volta veniva a parlargli del Giappone. Come lei sentiva molto la nostalgia di casa. Lei gli aveva detto – Non è per sempre che ci fermeremo qui; ritorneremo a casa nostra, un giorno. Dobbiamo cercare d'imparare il più possibile, per essere utili nei nostri luoghi d'origine.

– Hai ragione, Martina, del nostro soggiorno qui, non può venirne che bene – le aveva risposto l'amico, convinto.

Hans e lei cominciarono a frequentarsi, ad uscire; lui la conduceva negli antichi caffè, dove degustavano deliziosi dolciumi. Il professore conosceva molte persone e la ragazza s'intratteneva volentieri. C'erano musicisti, poeti, scrittori. Veniva a contatto con la cultura mitteleuropea e se ne sentiva appagata e grata ad Hans per questo suo arricchimento culturale. La vicinanza di Martina, con la sua esuberanza, aveva influito sul professore. Lui cercava in tutti i modi di trasmetterle ciò che sapeva e aveva trovato in lei un'ottima allieva. Il suo aspetto appariva più curato, ed anche dal suo volto traspariva qualcosa che sembrava una conquistata felicità interiore.

Era già passato l'autunno, e un altro inverno freddo si preannunciava. Le feste natalizie portarono la neve. Per fine d'anno Hans andò a prenderla – Come ti avevo promesso, sono riuscito ad avere due biglietti per il concerto di capodanno.

Oh, che bellezza! – disse Martina entusiasticamente.

– È uno spettacolo che non devi perdere.

Martina si agghindò per la tanto sospirata manifestazione. Hans la aspettava; era molto bella, con indosso i magnifici tessuti dell'oriente. La sala, addobbata di fiori e gremita di persone, rappresentava un mondo sfavillante al quale non era abituata. Le luci si spensero e i professori d'orchestra iniziarono a suonare. Le dolci note uscivano dai violini e dagli strumenti musicali suonati con maestria. Le composizioni di Strauss prendevano vita, vibravano in tutta la sala. Avevano cominciato da "Le storielline del bosco viennese", seguite, via via, dal "Bel Danubio blu" e dal "Flick - Flock". Le note del valzer erano accompagnate dalle danze delle ballerine del teatro dell'Opera, che in costumi dell'epoca ricordavano i famosi balli di corte.

Nell'intervallo Martina gli disse – Mi sembra di vivere in un mondo irreale; mai ho veduto tanta grazia.

Il pubblico chiedeva continuamente il bis. – Ti piace la nostra musica, Martina? – le chiese Hans.

– Sì certo, moltissimo, la musica che io ho sempre ascoltato era quella del vento nel deserto.

Ripresero a suonare, e altri bis furono concessi, Vienna apriva il nuovo anno con le composizioni dei suoi figli più illustri. Si prepararono ad uscire; tutti i taxi erano occupati e si avviarono a piedi. Trovarono un piccolo cucciolo sperduto, Martina si chinò a raccoglierlo e lo strinse al petto – Lo chiameremo Flick-Flock; so che ti piacciono gli animali, lo vuoi tenere? Sarà un mio ricordo, quando tornerò laggiù.

Il professore rispose – Non ti piace abbastanza Vienna, se non vuoi rimanere. Volevo chiederti se restavi per me; mi hai insegnato l'amore.

– Ci ho pensato, Hans. Nutro per te molta ammirazione, pensavo di provare amore; mi dispiace, ho passato con te delle ore bellissime, ti ringrazio.

– Ho sbagliato. Sono troppo vecchio per te. Mi hai insegnato ad amare, ed ho riempito la mia vita; non sarò mai solo, e di questo te ne sono riconoscente. L'amore è donazione, ne avrò tanto da dare agli altri.

Martina provò sollievo vedendo che, al suo rifiuto, lui non soffriva.

Erano arrivati al cancello di casa, lo guardò con immensa gratitudine – Tu mi hai insegnato molto, ti ricorderò sempre.

Il cucciolo guaiva; Martina lo passò nelle braccia di Hans, accarezzò il cagnolino. Lui disse soltanto

– Andiamo Flick-Flock. Lei li guardò finché non disparvero alla sua vista, poi rientrò in casa, contenta e insieme dispiaciuta. Quello spettacolo era stato meraviglioso, magico, incantato come la dolce Vienna imbiancata dalla neve. Pensava ai luoghi visitati con lui: il castello di Schönbrunn, residenza estiva degli Asburgo, il Duomo di Santo Stefano, il Ring, il loro andare per musei, sedersi nei caffè, aveva veduto tutto ciò che c'era da visitare con lui.

4

Huarì e Claudio continuavano imperterriti nei loro esperimenti. Erano sempre impegnati nel laboratorio e uscivano poche volte. Claudio stava spiegando a Huarì – Potremmo riscaldare la casa catturando l'energia solare.

– Sì zio, l'ho pensato anch'io, installeremo dei pannelli solari.

– Però – disse lo zio – ho pensato di apportare delle modifiche, in modo da ottenere il massimo rendimento.

L'indomani trascorsero tutta la giornata impegnati nel montaggio dei pannelli; alla fine furono soddisfatti del lavoro eseguito. Martina aveva preparato un cibo stuzzicante, finendo con una grandissima torta.

– È squisita – disse lo zio, seguito dall'approvazione di Huarì.

– Sembra non apprezziate mai la buona tavola, sempre occupati dietro alle vostre teorie – rispose Martina.

Huarì guardò la sorella – Non è affatto vero che non facciamo onore alla tavola; questa sera abbiamo gustato le tue prelibatezze.

Claudio aggiunse – Domani potrai avere l'acqua calda dal nostro impianto.

Huarì invitò lo zio – Continuiamo le ricerche, questa sera?

Ma ottenne – Oh, ragazzo, dopo un pasto così abbondante! Proseguiremo domani, stiamo in compagnia di Martina.

La ragazza si avviò a preparare il caffè. Il mattino seguente, Huarì non doveva recarsi all'università e si chiuse in laboratorio con lo zio. Moltissimi libri erano sparpagliati sui tavoli, alcuni erano aperti sul pavimento. Martina passò a salutarli – Si direbbe che lavorate standovene sdraiati a terra.

– Non è affatto come credi – disse Huarì e rivolto allo zio – spiegale cosa stiamo facendo.

Lo zio Claudio alzò gli occhi dal suo inseparabile quaderno, nel quale stava annotando gli ultimi appunti.

– Stiamo cercando di risolvere i problemi energetici.

– Tenetemi informata sui vostri progressi – rispose la ragazza.

– Buona giornata, Martina.

Quando fu uscita, zio e nipote ripresero le loro interessanti comunicazioni.

– Vedi, Huarì – disse Claudio – ho passato tutta la notte a pensare; la materia si può trasformare in una quantità illimitata di energia...

Trovare una fonte quasi perenne di energia alternativa, era diventato il loro obiettivo, o come diceva Martina il loro chiodo fisso; provavano e riprovavano qualsiasi teoria, ed era un susseguirsi di successi e delusioni. Comunque, Huarì era ben preparato; lo zio si compiaceva per questo suo nipote allievo. Assieme elaboravano un sacco di formule, che tentavano di sviluppare. Presi dai loro calcoli, indaffarati a cercare le più disparate soluzioni, si ritrovarono senza accorgersi a sera, all'arrivo di Martina, che li redarguì – Ma state lavorando ancora?

– Senti, Martina, abbiamo trovato una formula – diceva Huarì.

– No – interruppe – la sorella – no. A cena subito.

Dopo aver cenato, Huarì disse – domani andrò all'università; sono stanco morto, vorrei riposarmi.

– Dormi e non sognare le formule – gli gridò la sorella.

Si ritirò nella sua camera e subito si addormentò. Non pensava mai al deserto dove era cresciuto, al contrario di Martina; per lei era sempre presente, ne sentiva la mancanza, non passava mai giorno che non ricordasse la sua terra. Anche quando soffiava il vento, le portava l'eco del deserto.

Huarì si svegliò in ritardo, si vestì di fretta e saltò letteralmente sul primo autobus, che passava davanti alla casa. Si accorse che aveva sbagliato, il percorso andava dalla parte opposta a quella dov'era diretto. Scese e attese il prossimo passaggio del bus. Ormai c'era da rassegnarsi, sarebbe arrivato comunque in ritardo. La lezione era già iniziata da un po' di tempo, attese la fine prestando scarsa attenzione, anzi scriveva un mucchio di cifre su dei foglietti. Annie lo guardava di sfuggita. Era una bella ragazza, simpatica e molte volte lui l'aveva sorpresa ad osservarlo. Gli diede di gomito, chiedendogli – Che fai?

– Devo assolutamente andare nella sala elaborazioni dati.

– Vengo anch'io – rispose Annie con complicità – ma aspettiamo la fine della lezione.

Il computer elaborò velocemente i dati di Huarì, e in pochi secondi restituì la risposta.

– Esatto – disse il ragazzo esultando – proprio come avevamo previsto.

Una gioia profonda gli illuminava il volto, ed era talmente manifesta che non sfuggì ad Annie – Se è qualcosa che si deve festeggiare, lo possiamo fare insieme.

Il ragazzo era euforico, compiaciuto del risultato raggiunto – D'accordo, brindiamo pure.

Entrarono in uno di quei caratteristici bar della città. Di colpo Huarì si ricordò che aveva risposto all'invito di lei. Lei lo intuì ed arrossì. Il ragazzo disse – Anch'io volevo conoscerti, e ora se n'è presentata l'occasione più bella e favorevole.

– So che sei sempre impegnato con le ricerche.

– La mia fama si espande – rise lui.

– Veramente conosco Martina, è lei che mi ha parlato di te.

– Naturalmente ti avrà fornito un ritratto terrificante.

– No, niente di tutto questo; ha detto che sei un adorabile fratello. Mi ha parlato anche di tuo zio, mi piacerebbe conoscerlo. Oh, ho detto troppo!

– Se non conoscessi lo zio, sarei geloso del suo interessamento per lui – sentenziò Huarì – comunque potremmo incontrarci fra un paio di giorni e ti presenterò a lui.

Annie avanzò una richiesta – Potrei portare una mia amica? Ha qualche anno più di me, lavora sugli aerei, svolge la mansione di hostess.

– Con piacere; ci troveremo alle tre, a questo tavolo.

Si salutarono, e ognuno riprese la sua strada per tornare alle rispettive occupazioni giornaliere.

A casa parlò allo zio, il quale concluse – Ti sei innamorato, ragazzo?

– Non lo so nemmeno io. Annie è affascinante, è della mia stessa facoltà, ci potrebbe anche aiutare nella ricerca.

– Va bene, Huarì, stai sicuro, ti darò il mio appoggio, verrò all'appuntamento.

– Sei grande, zio.

– Su, dimmi piuttosto il responso del computer.

– I calcoli sono esatti, la nostra teoria, potrebbe trasformarsi in realtà.

Huarì aveva pensato ad Annie e per la prima volta la vedeva con occhi diversi. Forse Annie significava veramente qualcosa per lui, adesso e in seguito.

Si preparò con maggior cura per l'appuntamento e passò dallo zio, per verificare se fosse pronto.

– Un momento, non essere così precipitoso, arriveremo in tempo ugualmente con più calma.

Annie e la sua amica erano già sedute puntualmente al tavolino del bar. L'amica, che si chiamava Birgitte, accalappiò subito Claudio. A Huarì arrivava ogni tanto, confusamente, qualche stralcio della conversazione tra i due – Io lavoro spesso a terra... abbiamo dei problemi con l'orario di lavoro...

A Huarì i problemi di Birgitte non interessavano. Annie era il suo problema; doveva dirle che le piaceva un mondo. Non che non avesse il coraggio, cercava solo una frase delicata per esprimerle il suo interessamento. Annie l'aveva già capito – Devi dirmi qualcosa Huarì? Vuoi parlarmi della tua terra, o di noi due?

– Come l'hai immaginato, Annie?

– Noi donne siamo molto intuitive; l'ho letto nei tuoi occhi, non lo sapevi che gli occhi sono lo specchio dell'anima? Sono rivelatori. A me in questo momento, stanno svelando tante cose belle.

– Oh, sì Annie, io ti voglio bene! – esclamò finalmente, traendosi dall'impaccio.

– Ne hai impiegato del tempo per accorgertene, ma sapevo che alla fine ci saremmo trovati.

Birgitte aveva preso d'assalto Claudio e lo tempestava di domande. Lui si era assoggettato di buon grado per la felicità del nipote, mentre Birgitte continuava – Il lavoro di hostess è impegnativo, ma non mi dispiace; del resto, questa professione è stata una mia scelta – e continuava a parlare – ho saputo che lei si occupa di fisica, mi piacerebbe visitare il suo laboratorio.

Claudio rispose – È un po' complicato e poco interessante, per chi non è del ramo; comunque, se le fa piacere, è fattibile. L'annoierà solamente...

Intanto, Huarì e Annie continuavano a parlarsi; avevano tante cose da dirsi, sembravano soli, per loro il mondo esterno era solo una cornice nel quale si muovevano isolati. Lo zio, nei pochi spazi che gli concedeva Birgitte, li guardava compiaciuto. Annie era una bella e brava ragazza, Huarì avrebbe potuto contare su di lei, era affidabile. Non ebbe più il tempo di continuare nella sua riflessione, che Birgitte tornava alla carica – Come mai, non si è sposato? –

Claudio sorrise ironico – Non ho avuto tempo di sposarmi, sono sempre impegnato.

La curiosità interessata di Birgitte non aveva limiti – Ma non è mai stato innamorato? – riprese lei.

– Sì, tutti lo siamo stati; ero poco più di un ragazzo, aveva dei begli occhi, ma non mi aspettò, un altro me la portò via. Probabilmente da quando avevo iniziato a interessarmi di fisica, tutte le mie attenzioni si erano riversate sugli studi e non avevo nulla da offrirle. Da allora il mio amore è stato la ricerca.

Birgitte fu soddisfatta e disse – Non si sente solo? Non pensa che se trovasse una donna, potrebbe realizzare la sua vita?

– Io non ho tempo di assaporare la solitudine, signorina; le ho già detto che le mie ricerche m'impegnano, e quando termino, sono troppo stanco perché mi senta solo e mi addormento subito.

Annie e Huarì si decisero ad andarsene, e come risvegliati da un sogno, piombarono tutto a un tratto nella realtà. – Quanto tempo è passato – disse Huarì consultando l'orologio – è ora di tornare a casa.

Accompagnarono le ragazze e dirigendosi verso l'abitazione, Huarì interrogò lo zio – Che ne pensi?

– Penso che sei fortunato, ragazzo mio; io ho dovuto sopportarmi la sua amica, sembra in cerca di qualcuno che la sposi.

Quella notte Huarì aveva qualcosa da sognare. Con più i giorni passavano, più s'innamorava di Annie. Alla sua amica Birgitte piaceva lo zio. Andarono a trovarla all'aeroporto e lei chiese al ragazzo –Quando posso venire a visitare il vostro laboratorio?

– Dovrò chiedere il permesso allo zio Claudio – rispose Huarì.

– Va bene, tanti saluti da parte mia allo zio Claudio, non si faccia attendere molto, domani avrò la giornata libera, sarebbe l'ideale.

Quando Huarì riferì allo zio della visita, questi rispose – Sì, domani andrai a prenderla, così mi libererò delle sue manovre per accalappiarmi.

L'indomani, Huarì e Annie fecero ritorno con Birgitte, tutta raggiante. Loro due se ne andarono a passeggiare in giardino, lasciandola con lo zio; non gli davano il benché minimo aiuto, avevano altro da dirsi, pensavano al futuro a due. Claudio fece buon viso e dopo averle offerto un tè, la condusse in laboratorio – Solitamente non entra mai nessuno qui, ma visto che lei ha tanto insistito... Come può notare, non c'è nulla di straordinario, solo un po' di disordine.

– Manca una presenza femminile, in questo laboratorio e nella sua vita.

– Le ho già detto – rispose Claudio – che il mio amore è solo la scienza, per quanto non sia prevenuto contro le donne. La presenza femminile nella mia vita rimarrebbe isolata, vedrebbe preferita a lei la materia, le formule fisiche.

Birgitte insisteva – Ma Claudio, solo perché è rimasto deluso una volta... se tornasse ad amare una donna che gli vorrebbe bene... – di colpo il suo tono cambiò – se tu provassi a volermi bene...

Claudio le si avvicinò; era sparita ogni avversità, vedeva nei suoi occhi una profonda sincerità. Quella donna rincorreva l'amore. Voleva dare il suo amore a una persona e cercava l'uomo adatto a lei. –Vede Birgitte, possiamo restare amici; io non ho intenzione di sposarmi, lo ripeto ancora. L'ho già una famiglia, i miei nipoti. Lei troverà un altro; è ancora giovane, vedrà...

La tristezza aveva immediatamente spento il suo sorriso, e il continuo chiacchierio se ne andò stancamente. Claudio provò un senso di colpa.

In giardino, Huarì e Annie stavano seduti sulla panchina di fronte al pino; il ragazzo le raccontava la sua vita passata – Sono nato nel deserto io, non c'è un filo di erba, nient'altro che sabbia e il vento che solleva mulinelli.

– E tua madre? – chiese la ragazza.

– La mamma si è abituata, amava mio padre, per questo ama anche lei il deserto. Se tu lo vedessi, resteresti affascinata dall'atmosfera che si respira.

Una domanda urgeva dentro Annie e la espresse – terminati gli studi, tornerai al tuo deserto?

Rimase in attesa, con il fiato sospeso – No, Annie, la mia vita è qui, accanto a te. Resteremo a Vienna.

Era quello che voleva sentire, un chiarimento ai suoi dubbi – Non ti pentirai di aver lasciato il deserto? Incalzò Annie.

E la risposta venne, subitanea e come desiderata – Io lo amo, ma mi sono sempre sentito attratto dall'Europa; non sono come mia sorella, lei non può stare senza vedere quella distesa di sabbia. Noi ci andremo in viaggio di nozze.

La ragazza, dopo essersi un po' ripresa dalla violenta emozione, disse – temevo di avere un rivale nel deserto, che ti avrebbe strappato a me. I tuoi genitori verranno al nostro matrimonio?

– La mamma sarà contenta, sarà un'occasione in più per rivedere l'Europa; poi, vorrà costatare dove ci stabiliremo. Dobbiamo solo fissare la data.

Huarì, dopo aver comunicato la notizia allo zio e alla sorella, si affrettò a spedire una mail ai genitori, seguita da una lunghissima telefonata. Annie e Martina girarono per i negozi della città, per trovare l'abito da sposa e per gli altri acquisti relativi all'arredamento della casa. Per Martina, l'abito nuziale doveva avere qualcosa di speciale; non era mai bello abbastanza, i dinieghi si susseguivano, eppure Annie era splendida, con qualsiasi abito indossasse.

– Se fossimo al mio paese – diceva alla futura cognata – troveresti un abito bellissimo. Uno di quelli che tessono le donne laggiù appositamente per la cerimonia nuziale. Un abito da sogno, evanescente.

Alfine ne trovarono uno di suo gusto, che vagamente rammentava un po' la foggia orientale; molto vagamente. Annie lo indossò, sentendosi affascinata e sorrise felice – Martina, sei la mia preziosa consigliera; non so come avrei fatto senza di te.

Tutto era pronto, ormai. I genitori di Huarì arrivarono a Vienna. Nella vecchia casa la felicità regnava, si respirava, si trovavano riuniti come ai bei tempi. C'era una persona in più, Annie, ma anche lei faceva parte della famiglia. Liliana godeva immensamente della compagnia dei figli e del fratello, e nel contempo di essere ritornata in Europa una volta in più del previsto. Hassan intanto s'interessava agli studi di Claudio.

Martina stava sempre con il padre, lo conduceva in giro per Vienna, trascinandolo da un posto all'altro e parlando sempre del deserto, il loro elemento comune. Hassan non si sentiva a proprio agio quando usciva per la città; solo la casa con le persone che gli erano care, gli dava tranquillità.

Invece Liliana, che aveva ritrovato la sua vitalità, portava notizie di laggiù – Alan ti manda i suoi saluti, Martina. La vita non è cambiata da quando voi partiste. Le persone sono rimaste più o meno le stesse. Io prendo il solito tè in casa di Mara e siamo rimaste in contatto con Fiona.

Il giorno delle nozze si avvicinava. Annie e Huarì l'avevano atteso tanto quel giorno, il loro giorno.

La mattinata era splendida, il sole aveva loro accordato i suoi favori, in una sorta di tacita complicità. La chiesa era addobbata; molti fiori emanavano i loro delicati profumi. Annie entrava, posando con leggerezza i piedini sui tappeti. Dopo il rito, parenti e amici si ritrovarono in un ristorante cittadino, meta di molte coppie di sposi. Quando gli invitati presero a danzare i valzer di Strauss, gli sposi uscirono sulla veranda; le note melodiose li accompagnarono. Annie disse – Oggi è il più bel giorno della mia vita.

E Huarì, guardando la fede che portava al dito, rispose – Uniti per sempre, nella buona e nella cattiva sorte.

Anche Annie giocherellava con la fede e faceva le sue considerazioni – Il cerchio non ha inizio e non ha fine; noi resteremo uniti, qualunque cosa accada.

Camminarono per il parco raggiungendo il gazebo; un fotografo li immortalò, circondati dai fiori. Gli invitati, a uno a uno, se ne andarono. Anche Birgitte aveva partecipato al ricevimento, accompagnata finalmente da un nuovo amore; sperava di sposarsi come Annie. Huarì prese in braccio la sposa per varcare l'ingresso della casa. Una bottiglia di champagne era posata sul tavolino, con due coppe accanto; era invitante.

– Beh, che aspettiamo? – chiese Huarì – stappiamo.

Il tappo saltò, Annie tese le due coppe, che Huarì ricolmò – Alla nostra felicità – dissero incrociando le braccia e portando la coppa alle labbra.

Le valigie erano già preparate per il viaggio di nozze. Hassan e Liliana li avevano preceduti nella partenza, per prepararsi ad accogliere degnamente i novelli sposi. Desideravano fosse per loro un viaggio indimenticabile, da ricordare anche in seguito. Huarì era una guida meravigliosa. Annie notò ogni cosa del cantiere, guardò con curiosità i pozzi di petrolio. S'intrattenne anche lei al rito del tè, sempre offerto in casa di Mara. Poté partecipare solo una volta però, perché Huarì brontolò che la sottraevano troppo a lui. Davanti a queste rimostranze, Annie si assoggettò a restare accanto al marito, del resto ben volentieri. Huarì non mancò di mostrarle i luoghi della propria infanzia; le disse additando il deserto – Forse a te potrà sembrare un'infanzia squallida e desolata, la mia, passata in mezzo a queste dune, che il vento scompone continuamente. Il deserto ha la sua vita; nella solitudine non ti senti solo, al contrario, avverti una presenza amica.

Annie lo ascoltava attentamente, per lei era tutto nuovo, le interessava ogni cosa, era un altro mondo. –Mi porterai alle oasi? – chiese.

La risposta non si fece attendere – Sono felice di poterti accontentare; andremo in cammello, è più suggestivo. Il mezzo di locomozione scelto non era proprio gradito ad Annie, ma a lei piaceva affrontare nuove esperienze. I cammelli non li conosceva bene, aveva sentito parlare di quei quadrupedi bizzarri e il pensiero di dover affrontare il viaggio con loro era inquietante. Il giorno seguente, due cammelli da sella della razza Mehari erano pronti. Annie si era vestita tipo esploratrice; si avvicinò con titubanza ai cammelli. Forse Huarì si divertiva al vederla in difficoltà; era sempre più vicino alla sua cavalcatura, il marito infine le disse – Stai tranquilla, non avere paura, vengono chiamati navi del deserto, sono più affidabili di una Jeep. Annie sorrise e fu subito in sella. I cammelli s'incamminavano lentamente e con sicurezza sulle piste per loro senza segreti. Huarì la guardava, eccitata dalla novità della cavalcatura. Lei si aspettava da quella distesa sabbiosa i miraggi, lo pensava intanto che procedevano.

Huarì la distolse dai pensieri – Lo so cosa pensi, alla fata morgana; beh, a noi non capiterà di vedere i miraggi, ormai ci avviciniamo alle oasi.

Infatti, in fondo, si vedevano già profilati i palmizi, come per incanto.

Annie lo stuzzicò – Sei certo che non sia un miraggio?

– Il mio occhio non m'inganna, sono abituato al deserto – rispose il marito.

L'oasi era incantevole, la vista dell'acqua in una zona così arida rallegrava, era una gioia per gli occhi; le palme donavano un po' d'ombra, riparando dal sole cocente. Non sembrava neppure vero, che in quel mondo quasi irreale dovesse sgorgare dell'acqua, eppure c'era, ed era così pura.

Le due navi del deserto si dissetarono; loro potevano resistere anche molto tempo senz'acqua, con le loro riserve. Un gruppo di nomadi sostava per i rifornimenti. Lei era oggetto della loro curiosità. Erano il degno contorno dell'oasi, anzi parte integrante; vivevano sempre allo stesso modo, di generazione in generazione. Soddisfacevano il loro bisogno di andare, di essere liberi; dal deserto traevano tutto il sostentamento possibile, spostandosi di volta in volta.

Annie si sentiva affascinata, Huarì le disse – Avverti anche tu la malia del deserto?

Prima di partire, fu loro offerto il tè, in segno di amicizia e ospitalità.

Huarì tra un sorso e l'altro le spiegava – questo tè è preparato secondo l'antica tradizione, elementi principali sono: acqua bollente, zucchero, tè e foglie di menta. Viene offerto in ogni occasione sociale, accompagna molti momenti della quotidianità. Un bicchiere prima del pranzo stimola l'appetito, dopo è usato come un perfetto digestivo. Dopo il rito del tè si accomiatarono, ripresero i cammelli, che con il solito lento passo si posero sulla via del ritorno senza bisogno di essere guidati. Lei aveva un po' familiarizzato con questi animali, provava sicurezza su di loro, tanto da essere tranquilla e abbandonarsi ai suoi pensieri. Anche per lei ora il deserto viveva, aveva perso la sua aridità, anche se tutto era immutato. Dopo aver lasciato le oasi, non più un filo d'erba, solo sabbia, eppure...

Dopo un certo tempo Annie si riscosse. Abbandonando i suoi pensieri e rivolgendosi a Huarì, disse – Ricordi, a Vienna ti chiesi se saresti tornato qui. Non sapevo cosa ti chiedevo; adesso ho visto quanto ti è costato.

Lui rispose – Io amo il deserto, ma la mia vita è in Europa, accanto a te.

La ragazza sorrise – Verremo di tanto in tanto, in questo deserto stregato, sarà il nostro rifugio.

5

Gli avvenimenti degli ultimi tempi avevano cambiato le abitudini di Martina, che aspettava il ritorno di Huarì dalla luna di miele. Lo zio era sempre sepolto in quel suo laboratorio; non che le facesse mancare la compagnia, però si vedeva che il tempo che dedicava a lei lo sottraeva al lavoro, ora che anche il suo collaboratore era lontano. E questo alla ragazza dispiaceva. Da quando era arrivata, si trovava già alla sua seconda primavera. Bussò alla porta del laboratorio e disse allo zio – Esco, ho delle compere da fare.

Scese sulla strada e si avviò a piedi, voleva respirare un po' d'aria fresca, girò l'angolo, e incrociò un gruppo di ragazze, che discutevano animatamente. Una di loro si staccò dal gruppo e si diresse verso di lei. Riconobbe una compagna d'università – Ciao, Corinne – vai anche tu nella mia direzione?

Corinne non rispose alla domanda e ne formulò un'altra – Non sai che giorno è, oggi? – e senza attendere risposta aggiunse – l'otto marzo.

– Ebbene, cos'ha di particolare questa data?

Corinne la guardò quasi incredula, poi ricordò che lei veniva da un altro paese – È la festa della donna. Le tese un rametto di mimosa – Questo fiore è stato eletto simbolo della donna.

Martina lo appuntò sul bavero della giacca e si rese conto che anche le altre ragazze del gruppo lo sfoggiavano; non solo, anche altre signore che passavano lo portavano in bella vista.

Corinne salutò le ragazze; rivolta verso Martina la invitò ad andare con lei. Camminavano di buon passo; un corteo di femministe passò accanto a loro, scandendo slogan. Corinne per curiosità sollevò la questione – Sei femminista, Martina?

– Sono per l'emancipazione femminile, e tu?

– Io sono d'accordo su alcuni punti che sostengono le femministe.

– Concordo con te – rispose Martina – la donna ha il suo posto che le spetta nella società, ha pieno diritto di essere trattata alla pari del maschio. La donna non è inferiore per intelligenza, il numero dei neuroni che possiede il suo cervello è identico a quello dell'uomo e funziona nello stesso modo. La sua battaglia non deve essere quella di sopraffare il maschio, ma deve battersi affinché l'uomo non la ricacci in un ruolo inferiore, non le impedisca di occupare quei posti nella società e nel mondo del lavoro, monopolio esclusivo dell'uomo.

– Hai ragione Martina, la donna è nata per essere il complemento dell'uomo, tutto ciò che a lui manca in sensibilità lo possiede lei. Ma non per questo da lui deve essere considerata un oggetto. La donna respinge questo sfruttamento ed esige la dignità, il rispetto e la giusta collocazione che le compete nella società.

Martina continuava – Se ripercorriamo la storia, l'uomo per secoli ha creduto di sottomettere la donna, ricacciandola nelle case, impedendole l'istruzione; eppure, anche in questa situazione, alcune donne sono emerse. Ma poniamoci una domanda: hanno sempre comandato gli uomini, o piuttosto hanno creduto di comandare? Nel mio paese, alcuni sultani hanno eseguito il volere delle loro favorite. La donna ha sempre avuto il cuore dell'uomo; le madri hanno plasmato i figli. La fragile e delicata creatura possedeva e possiede la forza di farsi ascoltare. Ci sarebbero tante altre cose da dire, ma mi dilungherei troppo; il cammino è iniziato, e un giorno si troverà l'accordo, senza arrivare agli eccessi dalle due parti.

Ognuna aveva espresso la propria opinione; le due ragazze ripresero il loro cammino. A casa una sorpresa attendeva Martina; lo zio Claudio le propose un viaggio. Lui si sentiva stanco per aver troppo lavorato, e nell'attesa del ritorno di Huarì avrebbe giovato a entrambi questo svago che si proponeva; nello stesso tempo avrebbe reso felice la nipote. Infatti, quando glielo comunicò, lei manifestò apertamente la sua felicità.

Il viaggio prevedeva diverse tappe. La partenza era fissata per le sette del mattino, prima meta Parigi, poi verso i mari del Nord, la Scozia, l'Inghilterra; in più erano previste altre variazioni, che lo zio non volle comunicare.

Martina si dimostrava entusiasta delle città visitate, vedeva tante cose belle che la arricchivano culturalmente, si sentiva sempre più soddisfatta e appagata. Durante il viaggio, lo zio le aveva fatto notare qualcosa sulle coste – Vedi quelle macchie di nafta? Hanno distrutto l'equilibrio ecologico.

Alcuni uccelli marini giacevano morti. Lo zio riprese – Le loro ali sono rimaste invischiate, sono diventate pesanti e hanno impedito loro di levarsi in volo, e così sono morti; sono state le prime vittime, senza contare i pesci, grandi e piccoli.

L'ultima tappa fu il Canada, era quella la destinazione che lo zio le aveva taciuto. Martina vi trovò dei cacciatori; si era in marzo e questi si preparavano a compiere la strage delle foche sull'isola di Terranova. E incontrò pure, casualmente, uno strano personaggio, Friederick. Stava assistendo alla partenza dei cacciatori, senza poter far nulla. Il suo volto era sgomento e lasciava trasparire la sofferenza e la repulsione che provava nel pensare che andavano a uccidere le foche. Friederick la notò, si avvicinò, e avvenne la presentazione – Sono uno scrittore, mi trovo qui, per descrivere nel libro che ho in preparazione, la crudeltà di questa caccia che io avverso.

Martina rispose – Io abito a Vienna e sono in viaggio con lo zio.

Friederick riprese – Che combinazione! Anch'io sono viennese.

Martina precisò – Beh, io non sono di Vienna; sono nata nel deserto e sono venuta dallo zio in Austria per studiare.

– Spero, quando tornerò a Vienna, nella possibilità di rivederci.

Il discorso fluiva liberamente, Friederick aveva il dono di mettere a proprio agio i suoi interlocutori. Passeggiavano lentamente, e ogni tanto sostavano; lui stava parlando – Ieri ho seguito quegli uomini; cercano i piccoli delle foche, che sono dei batuffoli bianchi. Loro accolgono l'uomo amichevolmente, gli vanno incontro, si fidano di lui, non capiscono il pericolo che li sovrasta, oppure si accorgono troppo tardi. E l'uomo li colpisce, li massacra, incurante delle grida strazianti, con una crudeltà inaudita. Martina aveva ascoltato e due lacrime spuntarono nei suoi occhi.

Friederick disse – È meglio che cambi discorso; non voglio addolorarla, ma questi fatti è necessario portarli a conoscenza dell'opinione pubblica, l'uomo vuole distruggere. Comunque, spero vivamente mi vorrà accordare il piacere di vederla, quando ritornerò a Vienna.

– Certamente, le darò il mio indirizzo. Purtroppo la nostra permanenza è terminata, partiremo con il volo di domani. Se viene al nostro albergo, la presenterò allo zio.

Friederick la accompagnò e fu presentato allo zio, il quale ne fu felice, e aveva anche letto dei suoi libri. Il viaggio era terminato nel modo più favorevole. La ragazza riprese la solita vita normale.

Huarì e Annie erano già tornati dalla luna di miele, che era stata molta lunga. Lo zio Claudio e il nipote ripresero più intensamente le loro ricerche; dovevano recuperare il tempo perduto.

Il viaggio aveva rasserenato la ragazza, che non doveva dimenticarlo tanto facilmente; infatti, Friederick tornava dal Canada. Dopo qualche giorno se lo trovò davanti. Martina manifestò stupore nel vederlo sulla soglia di casa.

– Non sembri contenta di rivedermi – le disse.

– Tutt'altro, sono molto lusingata del tuo ricordo, non pensavo ti rammentassi di me.

– Pensavi male; invece, eccomi.

– Entra, chiamo subito lo zio e mio fratello, sono in laboratorio.

– Mi farebbe piacere vederli, ma non disturbarli, stanno compiendo un grande lavoro a beneficio dell'umanità. Possiamo uscire, camminare un po' e rifugiarci al caffè che frequentano gli intellettuali.

Quello fu il primo di una serie d'incontri, sempre più riavvicinati. Si vedevano ogni giorno, ormai. Martina gli esponeva la sua nostalgia per il proprio paese.

– Cosicché, tu sei una figlia del deserto – le aveva detto – non ti piace l'Europa?

– Sì, certo, però io vedo il deserto dappertutto.

Friederick era ricorso alla mitologia greca, per presentarle l'Europa. – Ascolta, Europa era una ragazza molto bella, suo padre era un re della Fenicia. Zeus se ne innamorò e trasformatosi in un toro, la condusse all'isola di Creta. Ebbero tre figli: Minosse, Radamante, Sarpedonthe.

Martina pendeva dalle labbra di Friederick. –Mi piace, questo; d'ora in poi penserò all'Europa come alla bella figlia del re. Man mano che il tempo passava, Martina approfondiva la sua conoscenza con Friederick. I primi tempi gli sembrava strano, passava dalla felicità alla depressione. Spesso gli diceva – A volte non ci capiamo.

Lui rispondeva con un sorriso ironico – Gli artisti sono delle anime tormentate.

Nonostante ciò, la loro amicizia si consolidava sempre più. Martina era affascinata da lui, che aveva viaggiato molto, sapeva tante cose e la portava attraverso le sue parole alla conoscenza di altre abitudini di vita. Friederick viveva dal lato opposto della città.

Vuoi salire da me? – le aveva chiesto un giorno.

Martina stava salendo le scale che conducevano all'appartamento. Friederick si fermò sul pianerottolo, cercando le chiavi; finalmente le trovò. Aprì la porta, esclamando – È in disordine, di solito non ho tempo di mettere tutto a posto.

Lo sguardo della ragazza vagò per la stanza; sulla scrivania c'erano mucchi di fogli sparpagliati, altri erano accartocciati per terra, vicino al cestino della carta. Martina sollevò dei fogli e lesse qualche riga. – Cosa stai scrivendo? – chiese.

– È un romanzo sofferto.

– Perché scrivi? – chiese Martina.

– È una domanda che pongono a tutti gli scrittori. Ci si sente portati a esprimere le proprie idee, i propri sentimenti e comunicarli agli altri, è qualcosa che nasce dall'osservazione dell'ambiente in cui si vive, che viene dall'interno e si sente il bisogno di esternare; almeno, per me è così.

– Che cosa rappresentano, per te, i tuoi romanzi? –

– Sono come dei figli, ed io muovo le loro esistenze sulla carta, sono nelle mie mani, conferisco loro una vita tranquilla o tribolata, li manovro come voglio io. Dono loro un carattere gioioso o irascibile, secondo il momento creativo in cui sono nati.

Martina era sempre più interessata – Come la trovi l'ispirazione?

– In un romanzo trovi l'anima dell'autore; i personaggi che egli crea sono una parte di se stesso, le sue aspirazioni, quello che avrebbe voluto essere, quello che vorrebbe fare. Ciò che l'esistenza gli ha negato, per diversi motivi, lo trasferisce sui personaggi, dei quali tira le fila.

La ragazza lo interrogò di nuovo – Allora significa che vuoi realizzare la tua personalità attraverso gli scritti?

Friederick continuò – Non è del tutto esatto. Hai ragione quando affermi che in un certo senso esprimo la mia personalità. Però è un modo di veicolare le tue idee al lettore, un mezzo di comunicazione, una tua visuale della vita, vissuta in determinate situazioni, create appositamente, dal momento che lo scrittore ha già un suo vissuto, nella realtà concreta. È un'analisi dei diversi modi di essere.

Martina prese due bicchieri e versò da bere. Ne porse uno a Friederick – Naturalmente ti crea dei problemi.

– Certamente, e consiste nel non essere capiti, nel lettore che non recepisce il tuo messaggio, nelle persone che più ti sono vicine e che si mostrano sorde al tuo modo di pensare. La stroncatura di un libro significa aver fallito, non essere capiti. Una fatica inutile.

– Andiamo, Friederick, accompagnami a casa, abbiamo chiacchierato a lungo.

– Sì – rispose, dando una pedata ai fogli accartocciati per terra.

Martina reagì – Non fare così. Sei di malumore; fermati a cena da noi, ci riuniamo tutti, lo zio, Huarì e sua moglie, si sta allegri in casa nostra, hai bisogno di svagarti, hai lavorato tanto, ricordati che io ti ascolto sempre e ti capisco.

Friederick si convinse ad accettare e trascorse la serata in buona compagnia, dimenticando il suo malumore, anche perché Annie aveva accennato al valore terapeutico del romanzo – È stato accertato il suo potere rilassante; anche i soldati, dopo i combattimenti, leggono romanzi. Anche i nostri pensieri, desideri, nel momento in cui si legge entrano in gioco, aiutano a concentrarsi sui diversi problemi, che solitamente si rifiutano.

Huarì si divertiva a interpellare la sorella, dopo che questi se ne fu andato – Che strano tipo quello scrittore.

– Era stanco – rispose Martina – tu non puoi capire il tormento di creare un'opera valida.

– Si dà il caso, cara sorella, che lo comprenda anch'io.

– E allora, come puoi fare delle allusioni?

– Non te la prendere, Martina, parlo così perché vedo che hai dimenticato Alan.

La ragazza nel frattempo si era diretta a posare i piatti nel lavello; si volse mentre il fratello continuava – L'ho visto e mi ha chiesto tue notizie, perché non scrivi più nessuna mail?

– È vero, da un po' non sono in contatto con lui, però lo ricordo; che cosa fa?

– Sempre il solito lavoro; ha avuto delle promozioni, mi ha assicurato che non abbandonerà il giacimento, se non al suo esaurimento. Sembra incollato al deserto, quel ragazzo.

Martina, con gli occhi attraversati da un lampo nostalgico, disse – lo ama, come lo amo io, e intende passarci la sua vita.

La notte passò burrascosamente; le immagini della vita passata, della distesa di sabbia tanto amata, non le permettevano di dormire. Come se non bastasse, il cielo aveva preparato un temporale con i fiocchi. I lampi fendevano l'oscurità, i tuoni si susseguivano fragorosi, il vento scuoteva le fronde, e una pioggia battente si rovesciava sul selciato. Una notte da incubo; doveva aver guastato il sonno a molte persone. Si alzò con gli occhi cerchiati, cercò di cancellare le occhiaie con il trucco, ma ottenne un risultato poco efficace; dal volto trasparivano chiaramente i segni di una notte insonne. Preparò una robusta colazione e si sentì rinvigorita, passeggiò in giardino e pian piano la stanchezza disparve dal volto.

Anche le piante recavano il segno del violento temporale notturno, le foglie erano ancora fradice d'acqua, i fiori avevano sacrificato qualche petalo e piegavano il gambo verso terra. Nei vialetti si erano formate delle vaste pozzanghere, che ancora attendevano di prosciugarsi. Pensò per avere una forma ottimale di esercitarsi con la ginnastica, un tempo sua regola mattutina e adesso un po' dimenticata dalla novità della vita cittadina. Huarì, che in quell'istante aveva aperto la finestra, la vide e gridò al suo indirizzo – Che fai, Martina, ti stai allenando per le prossime Olimpiadi?

Martina controbatté – Non c'è niente di meglio di una buona ginnastica, per iniziare la giornata con tutte le energie di cui hai bisogno.

– Hai scelto proprio il momento adatto – fece eco Huarì, ridendo – è tutto bagnato.

Martina si sentì risollevata, corse in camera sua, si piacque, si trovò presentabile e si recò da Friederick.

La pigna di carta strappata era aumentata e si era aggiunta a quella del giorno precedente. Raccolse un foglio, due, tre; alcuni erano appunti scritti con una grafia nervosa, altri erano passati dal computer alla stampante, poi erano rimasti lì a terra, accartocciati – È il tuo lavoro di questa notte?

– Sì, ma non ho scritto niente, ho lavorato ininterrottamente, ma è come se non avessi scritto nulla.

– Perché? – chiese Martina – i fogli che ho letto io, possono andar bene, esprimono qualcosa.

– Non è quello che io volevo dire, non è roba da mettere in mano alle persone, i miei lettori devono avere il meglio di me. Desidero che mi ricordino per le cose migliori.

– Non hai fiducia in te stesso, Friederick, i tuoi libri precedenti sono stati molto apprezzati, anche dalla critica. Riposati un po' e attendi il momento creativo migliore.

– Sto attraversando delle crisi profonde. Ti ho già spiegato l'animo degli artisti, sono divisi tra il tormento di creare e l'estasi dell'opera prodotta. È una febbrile ricerca di cosa scrivere, è una parte del tuo carattere, della tua vita che si sprigiona e resta sulla carta, nascosta o evidente sulle pagine, camuffata sotto le spoglie di un personaggio. Si avverte il bisogno di manifestare ciò che senti dentro. Sono cose che ti ho già detto, mi sto ripetendo e ti annoio.

– No, non è vero, starei delle ore ad ascoltarti e così come io ti ascolto, ti leggono gli altri e hanno fiducia in te, ti apprezzano.

– Lo dici per consolarmi; io mi sento abbandonato dai miei lettori Martina, gli editori mi stanno rifiutando...

– Non dire questo, sei ancora valido come scrittore; riprova con calma e scrivi un racconto.

– Hai ragione Martina, mi sto lasciando andare. Ti prometto che mi riprenderò subito subito.

Si avvicinò alla scrivania e prese a scrivere di buona lena. La ragazza uscì senza far rumore. Era contenta di ciò che aveva fatto, ma si sentiva sola, in preda ad un'acuta nostalgia, Rientrò in casa e trovò la cognata intenta alle faccende domestiche. Annie le disse – Se mi aiuti, vorrei avanzare del tempo per preparare una torta, conosco molte ricette e non mi riescono niente male.

– Oh, davvero! – esclamò Martina, golosissima di dolciumi – mettiti subito all'opera che termino io; sai, sono impaziente di assaggiarla.

– Lo so, della tua passione per i dolci me l'ha detto Huarì, non faceva altro che parlare di te durante il nostro viaggio.

Martina la scrutò – ti è piaciuto, laggiù?

– È stata un'esperienza indimenticabile, non avrei immaginato che esistessero dei luoghi così affascinanti, ma adesso vieni a vedere l'impasto, così imparerai anche tu.

La torta era pronta per essere infornata, aveva assunto un aspetto gradevole, tale da farle venire l'acquolina in bocca. Riuscì stupendamente, specie agli occhi di Martina, la quale chiese – Posso portare una fetta della tua buonissima torta a Friederick?

Annie sorrise – Lo prendi per la gola.

Incartò la torta, ma prima di arrivare se l'era già mangiata, era solo una scusa per tornare da lui. Infatti, lo trovò di umore cambiato, aveva il morale più sollevato e alcune cartelle erano stese con cura sulla scrivania; era tutto in ordine, nessun foglio giaceva per terra.

– Ecco, ho terminato la novella, l'ho scritta pensando a te, alla protagonista ho dato il tuo carattere e la tua immensa nostalgia.

– Oh, Friederick! Sono stata la tua musa ispiratrice. La farai pubblicare?

– Sì, ho già telefonato al mio editore.

Il racconto ottenne successo sia di pubblico che di critica. Friederick si sentiva nuovamente un uomo di successo, sembrava rinato. Tutto gli sembrava più facile, collaborava persino a una rubrica su un giornale, nella quale dispensava consigli a chi gli si rivolgeva. Un giorno si presentò da lui un regista – Ho letto la sua novella, ed ho pensato di farne un soggetto per il teatro.

– Ne sono lusingato, dal momento che lei è un regista che va per la maggiore.

– Penso di ricavarne un successo che terrà cassetta per diverso tempo.

– Non lo metto in dubbio – rispose Friederick – visto che lei è considerato come il mitico re Mida, tutto ciò che lei dirige diventa oro nelle sue mani.

Il regista rise alla battuta e replicò – Lei crede troppo nella mitologia; tuttavia il soggetto si presta bene per il testo. Mi dovrò avvalere della sua collaborazione per le dovute modifiche di adattamento.

Friederick era un po' commosso – Accetto volentieri e con entusiasmo.

Infatti, si buttò anima e corpo nel lavoro e riscrisse la parte con le battute per gli attori. Questi interpreti portavano dei nomi prestigiosi e con la loro bravura davano per scontato il successo della commedia. La protagonista femminile, nome di grosso calibro, dopo alcune prove rinunciò perché, così motivò – Il personaggio non mi entusiasma.

Il regista cercò di convincerla, ma i tentativi furono inutili, rifiutava la parte. Parlò con l'autore – Se la primadonna rifiuta l'interpretazione, non so a chi affidare la parte, è pregiudicato il successo, ce ne sono poche della sua bravura.

Friederick non si scoraggiò – bisogna trovare una persona che s'identifichi con la protagonista. Ed io la conosco, chi possiede questo carattere.

– E allora me la porti, ma subito; vada a cercarla – rispose il regista.

Sapeva dove trovare Martina a quell'ora, di solito era in casa, perchè era quello l'orario convenuto per telefonarle, ma preferiva recarsi da lei di persona. Venne ad aprire – È capitato qualcosa di spiacevole? – chiese, assumendo un'espressione preoccupata.

–Non allarmarti. Ti ho detto che stiamo allestendo la commedia; ebbene, la prima attrice ci ha piantato in asso. Ho un'idea, dal momento che mi sono ispirato a te nello scrivere, nessuno meglio di te potrebbe interpretare quella parte. Te la senti di presentarti in palcoscenico?

La ragazza restò dubbiosa – Non ho mai interpretato dei ruoli. Una volta nella rappresentazione scolastica, portavo un vassoio con il caffè e fui talmente maldestra da rovesciarlo.

– Non credo, in questa parte non fai altro che interpretare te stessa e chi altri meglio di te potrebbe farlo? Neppure l'attrice che ci ha abbandonati. Non dovrai faticare, non c'è bisogno d'insegnarti la parte.

Martina si lasciò convincere e le prove continuarono con lei. Il regista era soddisfatto che Friederick aveva avuto l'intuito giusto. Una sera, dopo le prove, il regista si complimentò – Friederick è uno scopritore di talenti; io gli avevo fatto notare che per il teatro occorrono anni, per imparare a recitare. Ma aveva ragione lui in questo caso, che nessuno sa interpretare meglio della persona descritta.

– Visto, la tua paura – la ammonì Friederick, che aveva assistito al colloquio.

– Andiamo, ho una fame da lupo – rispose Martina.

– Ti porto subito al ristorante.

Martina era veramente affamata; le prove l'avevano estenuata. Il periodo della rappresentazione si avvicinava, Friederick era nervoso ed era caduto ancora in preda a crisi di malinconia. Lei attribuiva questo stato alla tensione delle ultime settimane; lo aveva rassicurato – vedrai, sarà un successo.

E la sera della prima, il successo venne. Martina esordì guardando in prima fila i parenti e Friederick, per farsi coraggio. A un tratto lo vide alzarsi a metà del primo atto. La sua poltrona continuò a rimanere vuota. Il sipario si chiuse fra gli applausi del pubblico; lei chiese notizie a Huarì.

– Voleva ordinare dei fiori per te, poi passare da casa, arriverà per il secondo atto.

Martina si tranquillizzò e continuò a recitare, ma la poltrona rimaneva vuota. Anche Huarì se ne era andato; restavano lo zio e Annie. Al termine riscossero un grandissimo successo, applausi a non finire li richiamarono più volte in palcoscenico. Il suo camerino era invaso dai fiori, anche quelli di Friederick, ma lui dov'era?

La risposta gliela portò Huarì – Friederick si è suicidato.

Martina scoppiò a piangere – Ma perché? Non poteva aspettare il successo? – diceva tra le lacrime.

La voce del regista la riscosse – Il pubblico ti vuole in palcoscenico.

S'inchinò agli applausi con gli occhi velati di lacrime; vedeva la poltrona vuota, le tornavano alla mente le parole di Friederick "Ho dato tanto, non ho più niente da dare e quindi sono inutile".

– Perché non hai aspettato? Perché non ti ho parlato prima? Eri tutto per me; perché?

Huarì le stava accanto – Lo amavi molto?

Lei rispose – È la fine di un'esperienza, non la fine di una donna.

Il regista le propose il suo progetto di rappresentare la commedia in diverse località e un contratto per Martina. La ragazza dubitava un po'; non era ben certa di voler intraprendere la strada della recitazione. Volle un po' di tempo per decidere. Si chiedeva perché non avesse capito Friederick. Spesso, le persone alle quali viviamo accanto, ci rendiamo conto di non conoscerle; avrebbe potuto salvarlo, dargli un po' di fiducia di cui lui aveva bisogno in quel momento, eppure lei, seppur vicina, era lontana.

La risposta per il regista l'aveva trovata; accettava per Friederick, lei doveva portare avanti la sua opera, lei, così coraggiosa, doveva sopperire al suo momento di fragilità, lui ne sarebbe stato felice.

Rappresentarono la commedia in tutti i teatri, si registrava sempre il tutto esaurito, gli applausi scrosciavano alla fine dello spettacolo, non mancavano neppure quelli a scena aperta.

Martina si era abituata al suo nuovo ruolo di attrice, però iniziava a dare segni d'insofferenza. Si sentiva stanca del continuo girovagare, anche il successo non la appagava più come prima, desiderava una casa, fermarsi. Mancava poco alla scadenza del contratto, ci avrebbe pensato, sicuramente non le andava di rinnovarlo, però lasciava sempre una porta aperta, in fondo le piaceva; la decisione non era poi vicinissima e il forse era d'obbligo. Il tempo avrebbe deciso per lei. Altre rappresentazioni la attendevano; erano tutte dedicate a Friederick, l'autore che non aveva saputo aspettare. Per il momento, continuava.

6

Intanto Liliana si sentiva sola; i figli restavano lontani. Huarì poi si era stabilito definitivamente all'estero. Sperava che almeno Martina sarebbe tornata. Si sentiva stanca anche di conversare.

Anche Hassan era cambiato, forse più gentile ma assente; lo sentiva lontano. Avevano faticato insieme a crescere i figli e ora si trovavano alla soglia dei quaranta anni. Liliana, non più assorbita nell'educazione dei figli, riprovava di nuovo la nostalgia della sua terra. Lì non succedeva mai niente, non cambiava mai nulla. Pian piano, era sprofondata nella monotonia, agiva come un automa, non badava più al suo aspetto fisico. Si era trovata improvvisamente a non aver nulla da fare.

Hassan s'interessava distrattamente a lei, gli anni avevano fatto affiorare due nature completamente diverse. Di questa situazione aveva approfittato Nasik, che sempre così esuberante aveva attirato l'attenzione di Hassan. Ma chi dei due aveva iniziato? Era successo in così breve tempo. Forse era stato il giorno della festa per il compleanno di Nasik; lei aveva invitato tutti, donne e uomini, ad assaggiare le sue specialità. Aveva chiamato Hassan in cucina per aiutarla, prendendo la scusa che lui era pratico, meglio di chiunque, e probabilmente era anche vero, essendo del posto.

E Hassan ne era rimasto conquistato. Lo aveva capito alla sera, quando erano ritornati a casa, aveva detto alla moglie – È una donna fantastica.

– Ti dispiace di avermi sposata? Aveva chiesto Liliana.

– Ma che pensi, sciocchina, non ti sostituirò mai.

Ma la frase aveva un sapore di menzogna. I pensieri si accavallavano nella sua mente, si facevano sempre più insistenti. Si lasciò convincere a farsi ricoverare in una clinica, per riprendersi dall'esaurimento. Pensò fosse un bene, restare per un po' lontano da Hassan. La accompagnò, ma sembrava aver fretta di lasciarla in quel luogo – Verrò spesso a trovarti.

– Non preoccuparti per me, lasciami per qualche tempo sola, ti chiamerò io quando avrò deciso.

– Che cosa devi decidere? – chiese preoccupato Hassan.

– È un problema mio, che devo risolvere.

– Non capisco.

– Ora non è importante capire; comprenderai in seguito.

Hassan fece il gesto di chiedere ancora ulteriori spiegazioni, ma lei disse congedandolo – Vai, ti chiamerò io, quando sarà il momento.

Restò affidata alle cure di un giovane medico, che aveva da poco iniziato la professione. Era quasi un ragazzo; risvegliava in lei l'affetto materno. Erano tutti gentili con lei. Il medico aveva l'abitudine di parlare con i suoi pazienti; affermava – che i mali del corpo, provengono più spesso dall'anima.

Cercava le cause remote della malattia a monte, cercava di rimuovere gli ostacoli. Si trovò davanti a Liliana, che gli sorrise – Sei quasi un ragazzo, assomigli al mio Huarì, forse avete la stessa età.

Il medico si sentiva imbarazzato – Signora, mi deve parlare, deve dirmi quello che nasconde, che pena la fa soffrire. È la terapia che io uso e in molti casi si è rivelata efficace. Se io non le ispiro fiducia, le lascio carta e penna. Quando avrà scritto, potrà strappare il foglio, almeno si sarà liberata da ciò che la fa soffrire.

– Sei un caro ragazzo, ma sei giovane, forse non capirai quello che io dirò. Mi piace la tua teoria che i mali provengono dall'anima. Dimmi, cosa ne pensano gli altri medici? – chiese con una punta di complicità.

– Oh, loro non sanno che io associo alla terapia quest'altro tipo di cura. L'ho imparato nei villaggi e lo pratico con le persone che mi sono simpatiche.

Liliana sorrise – Parli come i vecchi saggi, sono certa che c'intenderemo. Domani vorrei uscire a passeggiare nel parco, se credi, c'incontreremo là.

C'era un vecchio albero, sotto il quale era posta una panchina, che circondava il tronco. Liliana, dopo una lunga passeggiata, si era seduta per riposare. Il medico la raggiunse con il suo passo svelto. Non indossava il camice e le pareva ancor più un ragazzo.

Si sedette accanto a lei – A cosa sta pensando?

– Sei impertinente, ma ti rispondo ugualmente. Questi alberi mi ricordano il giardino della mia casa in Europa. Questi rami frondosi...

– Un periodo felice, immagino.

Liliana proseguì – Eravamo mio fratello ed io, il babbo e la mamma. Si era improvvisamente fermata.

– E poi? – chiese il medico.

– Non desidero ricordare ciò che avvenne dopo, è troppo triste. Liliana taceva e poi riprese – Che cosa devo ricordare, ragazzo? – disse con espressione dura – ciò che mi ha fatto soffrire?

– Sì signora; vede, anch'io non ho più nessuno. Sono stato allevato in un villaggio, da un vecchio che non era nemmeno mio parente. Anch'io ho cercato di rigettare i ricordi dolorosi, ma ho capito che così facendo, non affrontavo la realtà.

Liliana si addolcì – Hai imparato la saggezza del vecchio.

– È stata la sua unica eredità. Mi disse –Affronta la vita con saggezza e l'esistenza sarà meno dura.

– Vuoi diventare un buon psicologo?

– Faccio del mio meglio.

Liliana si alzò – Vogliamo rientrare? –

– Come desidera – disse, offrendole il braccio per accompagnarla.

La donna cominciava a interessarsi a qualcosa, a quel ragazzo che voleva curarla a modo suo. Le visite si susseguivano; un giorno le chiese – È stato un grosso sacrificio, abbandonare l'Europa?

– Sono venuta al seguito di mio fratello, doveva trasferirsi qui per lavoro. Ero quasi felice di abbandonare la casa dov'ero cresciuta, zeppa di ricordi – dopo una pausa, riprese – si chiederà perché mi sono fermata.

– Sì, è necessario che mi dica tutto, ovviamente quello che si sente di dire.

– Dopo qualche tempo però, era molta in me la nostalgia, mi fermai perché conobbi mio marito. Poi, mio fratello doveva ripartire. Ma io ero felice con Hassan. In seguito, vennero i figli a riempire la mia vita. Ebbi cura di crescerli e il tempo è volato. Ora si trovano in Europa, dallo zio.

– Quindi – proseguì il giovane – è la sindrome della casalinga.

Liliana sorrise – È certo che la diagnosi sia esatta?

– Ne sono convinto; è una specie di solitudine, prima non se ne poteva accorgere, era impegnata a crescere i figli. Quando questi se ne sono andati per la propria strada, improvvisamente si è accorta di non aver più nulla da fare. La nostalgia della sua terra si è ingigantita. L'amore per suo marito ha perso lo slancio dell'inizio, si è consumato nella vita quotidiana. Il lavoro impegna Hassan e lei si trova sola.

Liliana era pensierosa – Come indaga a fondo, forse in parte ha ragione, è vero, mi sento sola. Durante la giornata, non ho quasi nessuno a cui rivolgere la parola, eccetto le mogli degli altri lavoratori. –

– Non si preoccupi signora, guarirà presto, si tenga impegnata e vedrà, si tratta di acquisire fiducia in se stessi. Vedrà, ci provi, tutto passerà presto.

Quel ragazzo le ispirava fiducia e simpatia. Però non gli aveva rivelato tutto ciò che lei sospettava.

Infatti, Hassan non era rimasto indifferente al fascino di Nasik. Si erano incontrati parecchie volte e adesso che Liliana era lontana, con una maggior frequenza. Nasik attendeva che lui uscisse per recarsi al lavoro, si avvicinò con un sorriso smagliante e disse – Oggi devo venire ai pozzi, vorrei portare la nostra specialità a mio marito e dal momento che anche tu ne sei ghiotto, ne porterò una razione anche per te.

– Non ti disturbare, Nasik, grazie.

– Per me non è un disturbo, anzi, potrò rientrare con voi, quando terminate il turno.

Invece, il marito di Nasik doveva fermarsi di più sul lavoro, cosicché Hassan si trovò solo con lei.

Il discorso scivolò, volutamente pilotato da Nasik, su Liliana. – Come sta tua moglie?

– Veramente, non vuole che vada a farle visita – rispose un po' imbronciato.

– Scusa se mi permetto di porti questa domanda, ma sei felice con lei?

La sua risposta non venne immediatamente; parve pensarci – Sì, lo sono stato, ma da un po' di tempo è cambiata, non so perché.

Nasik sorrise – Anch'io non mi trovo bene con mio marito; siamo della stessa razza, io e te. Gli europei non ci capiranno mai, nonostante i loro sforzi. Dicono di amare il deserto e mentono. Loro non lo capiscono e non sono in sintonia con la gente del deserto.

– Forse hai ragione – rispose Hassan – il deserto custodisce dei segreti, che svela solo ai suoi figli; sono troppo diversi da noi – Era la prima volta che parlava di diversità.

Passò un braccio sulle spalle della donna; si trovarono vicini, così vicini, gli occhi brillavano, la sua bocca era socchiusa, invitante, una bellezza selvaggia emanava da lei. La abbracciò e baciò. Lei disse soltanto – Era da quando ti ho visto che attendevo questo momento; dovevamo incontrarci prima. Io ho cercato di sfuggire alla povertà della terra, sposando quell'inglese. Il mio posto è qui, fra la mia gente.

Lui proseguiva – Sei bella Nasik, dov'eri quando io non ero sposato? Saresti stata tu la mia donna. Con te è meraviglioso, ritrovo il mio deserto, la terra che amo. Non ho bisogno di parole, tu mi capisci. Credevo di amare mia moglie, ma hai visto? Si crede superiore, usa l'eterna arroganza degli europei. Capisci, Nasik, ora che ti ho trovata, dobbiamo vederci di nascosto.

– Le occasioni per vederci non ci mancheranno, Hassan.

Quella notte la passò senza che potesse chiudere occhio; pensava e il buio ingigantiva pensieri e immagini. La coscienza lo tormentava. – Quello che hai fatto oggi non è giusto. Liliana è ammalata e tu ne approfitti della sua assenza, un'assenza forzata, di cui forse tu ne sei la causa. – Cercava inutilmente di tacitare quella voce, che s'insinuava prepotente. Si erano amati, lui e Liliana, di questo era certo. Il tempo aveva fatto la sua parte, passando aveva smorzato gli entusiasmi. Dell'antico amore era rimasta la patina di gentilezza con cui continuavano a parlarsi. Vedeva Liliana davanti a sé, così dolce, così delicata e bella. Aveva faticato ad abituarsi al clima, al silenzio del deserto. Sembrava ci fosse riuscita, per amor suo. A volte però lo guardava, quasi lo accusasse di averla costretta a restare lì. La sua cara Lilli amava solo i suoi figli, che aveva voluto sradicare dal luogo dove erano nati. Non era proprio il caso di sentirsi colpevole; del resto l'amore non resiste al tempo. Lui, aveva incontrato Nasik, era la donna giusta per lui, lo sentiva, era giunta tardi, ma era arrivata. Ed anche per lei, lui rappresentava l'uomo ideale. Possedevano tanti punti in comune, la medesima mentalità, lo stesso luogo d'origine, l'eguale amore per il deserto.

La voce dentro di lui non si placava, continuava – Sei proprio certo, di quello che dici? Se l'amore non resiste all'incalzare degli anni, allora non durerà nemmeno con Nasik. E cosa hai fatto, per salvare il tuo matrimonio? Come affermi tu, dopo un certo periodo, l'amore perde lo slancio, tutto si ridimensiona. Sarà così anche con Nasik, allora.

– No, con lei no, mi capisce – ribatteva a sé stesso.

– Non cercare scuse, non mentire, lo sai che menti. È la novità che è venuta a rompere la monotonia della tua esistenza, che hai reso così da te stesso. Lo sai, è inutile mentire, è la sua bellezza che ti attira, il desiderio di cambiare donna, perché si pensa sempre sia migliore della propria moglie. Migliore finché non vivi assieme, allora ti accorgi, che anche lei ha i difetti di Liliana o forse peggio, che anche con lei trovi le difficoltà quotidiane e poi anche con lei, passata l'euforia, l'amore si fossilizzerà.

Hassan si rigirava, agitato – Perché dovrei avere di questi scrupoli? Voglio cogliere gli attimi di felicità che la vita mi regala, sono così pochi.

– Non sarai mai felice, prendendo ciò che non ti appartiene. La rincorrerai sempre e ti sfuggirà quando l'avrai raggiunta, perché ti accorgerai che quella non è la felicità.

Mise la testa sotto il cuscino, come per soffocare la voce – Ma perché ascolto? Sono libero di fare ciò che voglio.

Il botta e risposta con la sua coscienza, continuava – È inutile che cerchi di farmi tacere, parlerò sempre.

Intanto pensava e ripensava a Liliana; dubitava forse qualcosa? Non voleva vederlo. Negli ultimi tempi non avevano fatto nulla per parlarsi, erano vissuti come due estranei, lei con la mente vagava lontano, pensava ai figli e si sentiva sola. E lui? Sembrava non contasse più niente per lei; eppure si erano amati, forse si amavano ancora, o si stava sbagliando? No, non si sbagliava, non si comprendevano più. Aveva dovuto prevederlo che l'intesa non sarebbe durata a lungo. Avrebbe dovuto essere più lungimirante. Ora non c'erano più neppure i figli a tenerli uniti. Si convinse che lo sbaglio era di non aver sposato una donna come Nasik. Una straniera avrebbe sempre desiderato tornare in patria, anche se affascinata dalla malia che emanava il deserto. Come aveva potuto non pensarlo?

I suoi scrupoli svanirono, quando il giorno dopo vide Nasik. Camminava pigramente, ancheggiando; lo gratificò di uno smagliante sorriso e si diresse verso di lui – Ho una buona notizia da darti; mio marito tornerà in Inghilterra per una settimana.

– E la chiami una buona notizia? Non ti vedrò per sette giorni.

– Lasciami terminare; come sei impossibile e impaziente. Io non vado con lui, ci sono già stata per parecchio tempo. Ho deciso di passare questi giorni al mio villaggio; è poco distante dal tuo, potresti accompagnarmi.

– Buona idea, così saremo lontani dalle indiscrezioni; devo vedere, però, come conciliare il lavoro.

– Arrivederci, Hassan – lo salutò con un sorriso carico di promesse.

Si erano accordati d'incontrarsi a metà strada; lei avrebbe accompagnato il marito, poi avrebbe aspettato il passaggio di Hassan.

Giunsero al villaggio natale di Nasik; era quasi identico al suo, del resto si assomigliavano un po' tutti. Stessi usi, medesimi costumi. La donna lo presentò ai parenti, indicandolo come un amico comune, che gentilmente l'aveva accompagnata, pregato dal marito. Passarono dei giorni indimenticabili; sembrava fossero tornati bambini. Il ricordo della loro infanzia trascorsa in quel territorio arido, ma per loro fantastico, affiorava prepotentemente. Si spingevano nel deserto con i cammelli, né li infastidiva il sole cocente.

Tenevano i due cammelli appaiati, Hassan le diceva – sei bellissima.

Lei rispondeva maliziosamente – lo so, me lo dicono tutti – poi riprendeva – stiamo bene insieme, Hassan.

Uscivano anche di notte. Guardavano il cielo punteggiato di stelle, che si toccava all'infinito con la sabbia. Il silenzio li avvolgeva – Dove trovi uno spettacolo più bello di questo? Più meraviglioso? Questa natura che incanta è complice del nostro amore – diceva Hassan.

– E lo sarà sempre – rispondeva Nasik – quando ero in Inghilterra, mi sono ammalata di nostalgia. Questa sabbia mi perseguitava, volevo tornarci, lo desideravo con tutti i miei pensieri, con tutte le mie forze e ho trovato te, che mi aspettavi.

– Come sei cara, mi sembra di averti atteso da sempre, aspettavo una donna come te che si ponesse al mio fianco – diceva Hassan passandole una mano tra i capelli, che le ricadevano sulle spalle, neri e lucenti come la notte. La guardava e confrontava con Liliana; non poté far a meno di esprimersi ad alta voce – Quando andavamo da mio padre, c'era Liliana con me. Di notte i suoi capelli splendevano, sembrava che la luna si specchiasse; la sua carnagione era pallida, andava continuamente protetta. Il deserto era un'insidia per la sua pelle.

– Ti ricordi sempre di lei? La mia presenza non te la fa scordare? – chiese Nasik un po' infastidita.

– No, vedi, è che forse non avrei dovuto costringerla a restare. Tu appartieni al deserto, lui non farebbe niente contro di te, non ti sciuperebbe. Tu sei adatta per vivere qui.

Nasik, un po' contrariata rispose – Di cosa ti preoccupi, non sei tu che l'hai costretta, si è fermata lei.

– Ma io non l'ho avvertita dei pericoli che correva.

A un tratto gli occhi di Nasik, così dolci, così belli, assunsero uno sguardo cattivo e tagliò corto – L'esperienza le avrà pur insegnato a difendersi dalle ostilità.

La dura espressione sfuggì ad Hassan, che aggiunse – Vorrei che questa vacanza non finisse più.

– Tutto sta nella tua decisione, Hassan. Buonanotte – e fuggì via.

Lui la rincorse, tentando di fermarla – Aspetta, Nasik, che ti prende? Perché fuggi così, non c'è nessun pericolo, non te ne andare.

Lei correva veloce, ormai non poteva più raggiungerla. Non gli restò che andare a letto. Il mattino seguente, Nasik era più allegra che mai; la cosa gli fece molto piacere. –Dove vogliamo andare, oggi? – chiese Hassan.

– Non molto distante, non ci servono le grandi distanze per parlare.

Il sole si era già levato da un pezzo e bruciava intensamente, come il solito.

– Cosa significava, il tuo comportamento di ieri sera e cosa hai voluto dire con la tua frase? – chiese Hassan, preoccupato.

– Oh, davvero non lo immagini? È un po' di tempo che ci conosciamo; affermi di amarmi. Quindi, se tu mi amassi, desidereresti vivere con me.

– Sì, è vero, ma siamo tutti e due sposati.

– Che differenza fa? Non siamo sposati con delle persone sbagliate? Con cui non abbiamo nessuna affinità?

– Ma loro ci vogliono bene, non possiamo lasciarli così.

– Senti – e lo tirò per un braccio – io sono stanca di nascondere la nostra situazione agli altri, che forse l'hanno già capita. Se dici di amarmi, uniamoci. Tu ed io saremo forti, mi presenterai agli altri come la tua donna e tu sarai il mio uomo.

Hassan era stupefatto – Era questo che volevi dirmi, che tutto dipendeva da me, affinché questa vacanza non avesse termine?

Nasik, per niente contenta, insisteva – Come, ti tiri indietro? E dicevi di amarmi; siete tutti uguali, volete l'amore di una donna, dite di amarla e non è vero niente. Quando arriva il momento di dimostrare l'amore, vi ritirate nel guscio. Tu pensi sempre a tua moglie; non è vero che non la ami più, lei è sempre presente tra noi, la sento come un fantasma che ci divide.

Nasik era ancora più bella arrabbiata. Hassan rispose – Forse hai ragione tu. Ho creduto di amarti, ho voluto dare alla mia esistenza una svolta diversa, non ho preso in considerazione un'eventuale separazione da mia moglie. Forse ho pensato che con te sarebbe cambiato tutto, sarebbe stato magnifico. Ma non ti amo veramente se tu mi chiedi questo, ed io mi tiro indietro. Se fosse stato vero amore, non ci sarebbero stati tentennamenti.

Nasik parve delusa, poi si riprese – È stato meglio così, ci saremmo divisi, quando ci fossimo accorti di non amarci. Ci restano ancora due giorni di questa nostra vacanza, vogliamo ritornare?

–No, Nasik, saranno altri due giorni meravigliosi. Ci aiuteremo a vicenda, siamo due coppie in crisi. Tra di noi resterà ancora l'amore; un amore diverso, quello di due figli della stessa terra, che aiutano altri due figli di una terra lontana.

Nasik si volse a lui – Questa volta hai ragione tu; noi li amiamo, loro senz'altro ci amano, ma non sono irruenti come noi. Tengono nascosti i loro sentimenti, hanno difficoltà a manifestarli. Dobbiamo trovare la strada per giungere al loro cuore.

I loro rapporti erano mutati, e una sincera amicizia li univa; non sentivano più il desiderio di appartenersi. Il giorno che mancava al termine della loro vacanza lo impiegarono a parlare del ritorno a casa.

Nasik disse – Avevo pensato di tornare al tuo fianco, di venire a vivere con te, ma è bastato un attimo d'indecisione per capire che non era ragionevole agire a quel modo. Ora aspetto con impazienza che mio marito ritorni dall'Inghilterra e la prossima volta non lo lascerò solo. Avrò tante cose da raccontargli.

– Anche che l'hai tradito? – chiese Hassan.

– Non lo saprà, ci soffrirebbe troppo; non avrà motivo di lamentarsi di me, capirà che solo dove andrà lui, potrò vivere anch'io.

– Io invece vorrei andare, vorrei recarmi in visita da Liliana, anche se il suo fantasma ci ha impedito di attuare il nostro proposito. Come hai fatto a capire che lei era sempre presente nei miei pensieri?

– Intuizione femminile.

– Dobbiamo a lei se ci ha impedito di commettere un errore di cui ci saremmo pentiti. In seguito sarebbe stato troppo tardi per rimediare.

Sul volto di Hassan passò un'ombra di dubbio, Liliana l'avrebbe voluto rivedere? Aveva detto che l'avrebbe chiamato lei, e finora non era giunto nessun invito. Non poteva più aspettare, si sarebbe recato ugualmente, desiderava rivederla. Nel mentre continuava il discorso con Nasik – I miei figli stanno a Vienna.

Si era accorto, che per la prima volta le parlava dei figli – Sono così diversi tra loro. Huarì si è sposato e continuerà ad abitare a Vienna. Invece la ragazza, Martina, penso ritornerà. Lei ama il deserto, sente la nostalgia. Un giorno, passeggiando, mi parlava della sabbia, dei suoi ricordi d'infanzia. Penso proprio che ritornerà, alla fine dei suoi studi.

– Vedi, la nostra terra rivive nei figli – rispose teneramente Nasik – anch'io darò un figlio a mio marito, che amerà il deserto pure lui.

Hassan la prese per mano – Andiamo, sono le ultime ore della nostra vacanza.

– Sono state le migliori, ci hanno aiutato a vederci dentro, abbiamo messo a nudo i nostri sentimenti. È stato il deserto che ci ha aiutati.

Un sorriso illuminò il volto di Nasik, che divenne bellissimo.

Hassan rispose al suo sorriso. Quel volto, così espressivo, non rappresentava più la donna che desiderava, ma un viso amico, e si guardarono con occhi purificati.

E venne il ritorno; arrivarono separati, così com'erano partiti, tornavano alla vita di sempre.

FULVIA GRISONI

7

Il sole era già alto nel cielo, quando Hassan decise di far visita alla moglie. Durante il tragitto pensava che forse stava sbagliando, Liliana stessa l'aveva pregato di non recarsi da lei. Lui doveva avere un colloquio con la moglie, voleva chiarire la sua situazione, aveva qualcosa da farsi perdonare. Rimuginava questi pensieri nella sua mente e lo rodevano come un tarlo, finché non imboccò il viale d'ingresso della clinica. Cercò un posteggio disponibile, un'elegante scalinata conduceva all'ingresso. Dopo aver varcato la soglia, si fece annunciare, una sorridente infermiera lo pregò di attendere, mentre sollevava il ricevitore e premeva il pulsante per la comunicazione interna. Riabbassò, e sempre sorridendo lo informò – Sua moglie è nel parco, per la passeggiata quotidiana.

– Grazie – rispose – non si disturbi, la cerco io.

– Come desidera, signore – replicò l'imperturbabile infermiera.

Hassan uscì, iniziò a incamminarsi per il viale. Subito i pensieri di prima lo ripresero. Era passato davanti ad altri malati e si accorse che non li aveva neppure guardati, forse tra di loro poteva esserci pure sua moglie. Fu sul punto di ritornare sui suoi passi. Decise di proseguire. Girò per un po' senza incontrare nessuno. Se ne stava ritornando avvilito, quando udì chiaramente una voce famigliare. Sì, era lei che parlava a voce alta. Proseguì guidato dalla voce e finalmente la vide, sotto il grosso albero, seduta su una panchina; era in compagnia di un ragazzo. Quando lo vide avvicinarsi, non mostrò sorpresa né risentimento; sembrava che lo aspettasse. Lo accolse normalmente, come se non ci fosse stata la lontananza; fu lei la prima a parlare, traendolo d'impaccio – Ti presento il mio medico. Non ti sembra il nostro Huarì?

Il ragazzo si era alzato per stringere la mano che Hassan gli porgeva – Vi lascio alla vostra conversazione – disse gentilmente.

– Puoi restare – rispose Liliana – conoscerai mio marito.

– Ora mi rammento, ho un impegno – aggiunse il medico prontamente.

Liliana sorrise maternamente e lo seguì con lo sguardo, mentre si allontanava, finché non disparve – È un giovane "vecchio saggio"; è un bravo medico, farà carriera.

Hassan guardava la moglie; le appariva più calma, pure doveva nascondere qualche pena che l'aveva ferita. Fino a dove sapeva di lui e Nasik? Era stata colpa sua se lei si era ammalata.

Come se gli avesse letto nei pensieri, la risposta arrivò – Ti senti colpevole, Hassan?

– Allora, Lilli, tu sapevi tutto?

– Ci voleva poco per capirlo; ci siamo lasciati andare e l'arrivo di Nasik aveva costituito per te una novità.

– Non ne hai mai parlato; questo poteva non succedere, non ti avrei fatto del male.

– Io ti aspettavo, sapevo che saresti tornato a me. Se l'amore è vero, le separazioni non possono che rafforzare questo sentimento.

– Ma io ti ho causato sofferenza, avrei potuto lasciarti per sempre.

– Non pensarci più; ti aspettavo, ti avrei sempre atteso.

Hassan aveva iniziato a parlare e le parole fluivano come un fiume in piena, strabordavano – Liliana, ascolta, io ho sbagliato, ma il tempo che mi hai dato mi ha fatto guardare dentro me stesso; avevo bisogno di una verifica. Sono venuto per portarti a casa con me; riprenderemo il cammino insieme, come se nulla fosse accaduto. Questo episodio non dovrà più dividerci. Andiamo a preparare le tue valigie.

Un'espressione di felicità s'irradiava sul volto di Liliana. Nel frattempo si erano alzati e procedevano abbracciati. Liliana si sentiva bene come non mai e disse – Passeggiamo ancora per un po', Hassan, è così bello qui. Per le valigie c'è ancora tempo.

Camminarono finché non furono stanchi.

– Voglio parlare prima con il ragazzo – disse Liliana.

Quando furono pronti, scesero e attesero che arrivasse il medico che si trovava impegnato con un paziente. Dopo poco entrò. Liliana gli andò incontro – Volevo ringraziarla di ciò che ha fatto per me. È stato di grande aiuto, non lo dimenticherò.

– Molti ringraziamenti anche da parte mia – aggiunse Hassan.

– È il più bel complimento che possa ricevere, la mia professione è di aiutare la gente a guarire. E quando ciò riesce, mi rende felice; significa che le mie teorie non sono fallite.

A Liliana sembrava di perdere un figlio – Venga da noi; lei non ha più nessuno, potrà considerarci la sua famiglia.

– Ve lo prometto, non mancherò di farvi visita.

Li congedò un po' bruscamente, perché tutti si sentivano commossi; un nodo alla gola li attanagliava, impedendogli di parlare. Si sarebbero rivisti.

Hassan le comunicò che avrebbe voluto apportare delle modifiche all'arredamento, ma non aveva avuto il tempo materiale per farlo. – Sovraintenderai tu ai lavori, li farai eseguire come piace a te.

– Mi dispiace, Hassan, ma non vorrei cambiare nulla. Voglio lasciare tutto invariato, perché mi ricorda momenti felici.

Tutti li accolsero festosamente. Le donne si prodigavano manifestandole la loro gioia, perché era tornata tra loro, di nuovo ristabilita.

Anche Nasik fu felice, anche lei si era accorta di amare il marito, la breve parentesi trascorsa al villaggio li aveva trasformati. Fu la prima ad abbracciare Liliana. Come la vide arrivare, si presentò all'uscio, bussò titubante; Liliana le venne ad aprire. Rimasero un istante a guardarsi, poi contemporaneamente si abbracciarono di nuovo; la invitò ad entrare.

– Perdonami – le disse Nasik.

– Non ti serbo rancore, tu e Hassan siete uguali, avevate bisogno di tempo per capire.

Si accorse che Nasik era cambiata, pareva un'altra persona; ora poteva contare su un'amica sincera. La vita ricominciava per lei con nuovo entusiasmo. Hassan la colmava di attenzioni e lei non si sentiva più sola. Anche se avvertiva la lontananza dei figli, si consolava pensando che Martina sarebbe tornata. Sapeva che amava il deserto, lei non si sarebbe stabilita in Europa come Huarì. Auspicava in cuor suo che sposasse Alan. Altre donne si erano succedute e tutte avevano assimilato le stesse abitudini. Anche la madre di Alan sen'era andata. Ma il ragazzo era rimasto, attaccato alla terra dov'era nato e al suo lavoro; poi, segretamente aspettava Martina. Chiedeva sempre sue notizie, sperava che la ragazza tornasse presto e Alan non si stancava di attendere.

Il medico si era recato da loro, e aveva effettivamente trovato una famiglia. Liliana gli aveva detto che la sindrome della casalinga era definitivamente passata. I giorni non passavano più per lei lenti e uguali, volavano. Hassan cercava per quanto gli permettesse il lavoro di restare il più possibile vicino alla moglie; fra loro si era stabilito un dialogo più forte di quando c'erano i figli.

Hassan pensò di portarla in visita dai suoi famigliari; da qualche tempo non vi si recavano più, un po' per la lontananza e un po' per evitare la fatica del viaggio a Liliana. Ora però lei si era ristabilita, e accettò di buon grado l'idea del viaggio. Arrivarono sul tardi ma, la solita ospitalità fu loro tributata. Il padre e la madre di Hassan erano molto invecchiati. Le abitudini non erano cambiate, usavano ancora riunirsi attorno al fuoco, e il vecchio continuava a raccontare le sue favole, che suscitavano brividi di paura in lei. Ma quella sera, contrariamente a quanto le succedeva le volte precedenti, non ebbe paura. Era riuscita dopo molti anni a controllarsi, veramente si poteva considerare guarita, ringraziò in cuor suo il ragazzo medico. Intanto si preparava ad affrontare la forte escursione termica della notte nel deserto.

Hassan si sentiva felice, si avvicinò a Liliana e le confidò – Sarà la nostra seconda luna di miele; forse avresti preferito che ti portassi in Europa. Volevo stare solo con te, occuparmi di te, poi sai che non mi trovo a mio agio in Europa.

– Hai fatto bene Hassan; anch'io amo questa terra, con i suoi silenzi che parlano, è una sorta d'incantesimo, che ti tiene legata a lei. In me si ridestano gli antichi sogni di fanciulla; ora sono felice.

Hassan la baciò – Ti farò conoscere i segreti di questa terra.

Liliana si divertiva – Quali segreti? Come capire gli abitanti? Guarda che li conosco e comprendo già, altrimenti non sarei rimasta con te.

Di giorno compivano lunghe passeggiate, e una volta incontrarono persino i Tuareg – Vedi, sono gli uomini blu, i signori del deserto.

Liliana domandò ulteriori spiegazioni sui favolosi Tuareg – Perché sono chiamati uomini blu?

Hassan pazientemente rispose – La loro pelle prende la colorazione blu, perché i loro abiti sono tinti con il colore indaco.

Altre cose spiegava Hassan alla moglie, e lei si meravigliva come mai non ne fosse a conoscenza. – Tutte le volte che andavo con Claudio nel deserto, non mi era mai capitato d'incontrare tutto ciò.

– Perché in quella determinata zona non c'era quello che noti qui; avrai incrociato qualche carovana di nomadi nelle oasi. La zona che circonda il mio villaggio è diversa, ha un'altra dimensione. Qui è tutto straordinario, laggiù il bagliore dei pozzi ha industrializzato il deserto.

Hassan continuò a spiegare alla moglie – In questo paese ci sono dei contrasti stridenti, la grande città di tipo occidentale, i villaggi, il deserto dei pozzi petroliferi, il deserto dei Tuareg, dei nomadi che vivono da secoli la stessa tradizione. Alcuni luoghi sono progrediti, altri vivono da millenni la loro esistenza senza che nulla cambi. Io non vorrei che la zona circostante il mio villaggio sia trivellata alla ricerca di giacimenti, quando gli altri saranno esauriti.

Liliana rimase stupita – Parli anche tu di esaurimento dei nostri pozzi? Non si riscontra già più la normale produzione giornaliera? Se tutto finisse, ce ne dovremmo andare da dove siamo vissuti felici, dove sono nati i nostri figlioli.

– Non ti allarmare, la produzione continua.

– Ma se finisse? Se non cercassero più petrolio qui e andassero nei Mari del Nord? Abbandoneresti questo territorio che ami tanto? Non riusciresti mai a togliere le radici da qui.

– Hai proprio ragione, Liliana, mi conosci bene, mi si spezzerebbe il cuore.

La settimana era trascorsa, il tempo degli ultimi saluti e il ritorno alla base. Liliana scrutava insistentemente il bagliore dei pozzi, quando sembrava che si affievolisse la vampata. No, era un'impressione, non poteva succedere che Hassan ne vedesse la fine, non si poteva fargli questo torto, veder crollare il suo mondo. A distoglierla da questi pensieri, venne qualcosa d'inaspettato ...

Non sapeva come comunicarlo ad Hassan. Lo attese, una sera, dopo il turno di lavoro. Si era seduta su una poltrona, teneva gli occhi socchiusi e presto si era addormentata; si sentì sollevare e si destò. – Ti stavo aspettando.

– Cosa c'è, qualcosa non va? Non ti senti bene? – chiese Hassan premuroso come sempre.

Liliana posò il capo sul suo petto, poi lo rialzò e lo guardò fisso negli occhi, poi tutto di un fiato disse ciò che le stava a cuore – Aspetto un bambino.

Attese che sul suo volto apparisse la felicità, quella gioia che gli aveva veduto per Huarì e Martina. Invece si offuscò – Non sei contento? – chiese la moglie.

Parlandole con tenerezza, Hassan disse – Se mi ami, questo bimbo non deve nascere.

Liliana rimase contrariata – Perché, Hassan, di cosa hai paura? –

– Non voglio che il bambino ti stacchi da me, che il tuo amore sia riservato solo per lui; poi non siamo più giovani, gli altri se ne sono andati, ci hanno lasciato soli...

– Ti prego, Hassan, fammi avere il bambino, il mio amore per te rimarrà intatto e immutato. Non puoi sopprimere una creatura, non puoi negargli il diritto alla vita solo perché non si può difendere. Noi l'abbiamo chiamata, è una parte di noi stessi, e a maggior ragione questa creatura resterà con noi fino alla vecchiaia. Gli altri se ne sono andati, ma lei crescerà mentre noi invecchiamo.

Hassan parve riflettere – Scusami, sono stato meschino ed egoista, ho pensato che mi rubasse te, che sei la cosa più cara che possiedo al mondo. Mi sono lasciato prendere dalla gelosia.

Finalmente, tutto si era appianato per il meglio. I mesi si succedevano, ormai Liliana non si muoveva più, Nasik la aiutava nelle faccende domestiche.

Venne il giorno in cui la creaturina vide la luce; era una bella bambina, la chiamarono Miriana.

Il lieto evento aveva richiamato, per la conoscenza della neonata,

Martina, Huarì con la moglie e lo zio. Erano nuovamente riuniti, organizzarono una gran festa alla quale parteciparono tutti i colleghi di Hassan. Liliana non era mai stata così felice, con la famiglia di nuovo insieme, come ai vecchi tempi.

Martina incontrò subito Alan e si sentì a suo agio con il compagno di giochi dell'infanzia. Ebbero modo di trovarsi soli, e il ragazzo intavolò un lungo discorso, al quale Martina rispose, diventando loquace per la felicità di essere ritornata nella sua amata terra.

Alan le chiese – Perché non rispondevi alle mie e-mail?

– Oh, Alan! Non avevo tempo e lo so che tu capivi il mio silenzio; poi le notizie te le dava la mamma.

– Non è una buona ragione per giustificare il tuo silenzio.

Martina si stropicciò gli occhi – Sono tanto importanti per te le mie risposte?

Il ragazzo riprese – Sai che ti ho sempre voluto bene, e una delle ragioni per cui sono rimasto qui; non è soltanto il lavoro e il deserto che amo, ma aspettavo te.

– Mi hai atteso per tutto questo tempo? E se non fossi tornata?

– Ero convinto che prima o poi saresti tornata, solo che adesso non sei arrivata per restare, te ne andrai ancora via, lontano da me. Ora ti chiedo, ritornerai per me?

Martina giocherellò con i bottoni del suo bell'abito, prima di dare una risposta – Sei un caro ragazzo, Alan, di te serbo un buon ricordo, ma io devo restare ancora per un po' di tempo a Vienna; mi aspetterai per tutto questo periodo? E se io incontrassi l'amore? Non voglio crearti delle illusioni.

– No, Martina, io so che tornerai, non puoi stare lontano da questo luogo che ti ha vista nascere e che ami, credo che solo io possa comprenderti. Se incontrerai l'amore, sarò felice per te, non desidero che il tuo bene. Non dimenticare che io ti aspetterò sempre.

Martina, poco convinta, riprese il suo discorso – Sei cocciuto ragazzo, ma stai tranquillo ci penserò. Se tu affermi di essere l'unico a comprendermi, mi rammenterò, questa volta risponderò alle tue missive; mi conosci bene per parlarmi con questo tono, nemmeno mio fratello oserebbe. Su di una cosa hai ragione. Io amo il deserto, è forse l'unico amore della mia vita e probabilmente ritornerò, perché soffro pazzamente della sua mancanza. Penso che non ci sarà altro che quell'amore in me.

– Ti sbagli, quando penserai al deserto, mettici un pensierino anche per qualcuno che ti aspetta nella sabbia; non potrai vivere senza amore, ti sentirai svuotata perché dentro non avrai nulla da dare. La sabbia spazzerà via le tue parole d'amore che traccerai, e il vento disperderà il suono della tua voce e inutilmente griderai il tuo amore alla sabbia e al vento, ti ripagheranno lasciandoti sola. Ricordati, io entrerò a far parte della tua vita, e insieme ameremo il deserto, e quando griderai amore la tua voce non si disperderà, io ti risponderò. Ti aspetterò, mi ritroverai sempre al tuo ritorno; io sarò qui.

Martina aveva ascoltato – Vedo che non mi dai altra scelta, ma io sono libera di scegliere la mia esistenza. Non mi piace quando affermi che solo tu mi conosci, solo tu mi puoi dare la felicità. Mi ricorderò più spesso di te, voglio metterti alla prova, desidero sapere se mi capisci veramente.

La ragazza non se l'aspettava minimamente che Alan le parlasse. In tutto quel tempo, in alcuni periodi lei l'aveva quasi dimenticato, al contrario di lui, che si era sempre ricordato di lei, ed era rimasto in quel luogo, oltre che per l'amore che nutriva verso il deserto, che lei condivideva pienamente, anche per amor suo.

Per Liliana la felicità di avere tutta la famiglia con sé fu di breve durata; come sempre le cose belle durano poco. I figli e il fratello purtroppo non si fermarono a lungo, i soliti impegni li richiamavano a Vienna. Le restava Miriana, che portò nuova gaiezza in famiglia. Hassan stravedeva per la figlia, che cresceva graziosa e dolcissima. Ogni giorno inventavano nuovi giochi per lei. A Liliana era passata del tutto l'apatìa; si sentiva realizzata, e ora era impegnata ad allevare Miriana. Hassan si rese conto che la piccola, nulla gli aveva sottratto dell'affetto che gli portava Liliana; anzi, la loro unione si era rafforzata. Lavorava con maggior impegno, ed ebbe anche un avanzamento di carriera.

Quell'anno fu caratterizzato dalle nascite. Anche Nasik attendeva il suo primogenito e Liliana ricambiava la cortesia, aiutandola come aveva fatto per lei. L'amicizia fra le due donne si era consolidata. Miriana sembrava avere una speciale predilezione per Nasik.

La donna diceva a Liliana – Quanto è stato duro abbandonare la mia patria per l'Inghilterra, sono stati gli anni più tremendi della mia vita. Ho trovato un mondo diverso, quasi ostile, o forse mi volevano bene, ed io ho pensato che mi rigettassero.

Liliana rispose – È la stessa sensazione che ho provato io arrivando qui, pensavo che non mi sarei mai abituata, poi ho trovato l'amore, allora tutto è cambiato, anche se ho trovato delle difficoltà, ho faticato meno a superarle.

Nasik disse – Ho tentato di portarti via ciò che ami, ma credimi è dovuto a quegli anni tristi; pensavo che con un uomo della mia terra, mi ripagasse dell'amarezza, ho capito che non era vero.

Liliana sorrideva – Non pensarci più, è finito bene tutto, anzi, ha portato dei benefici a entrambi.

Anche Nasik ebbe una bambina e sia lei che Miriana crescevano vispe.

La vita trascorreva di nuovo tranquilla come un tempo, erano solamente cambiate le persone e i bimbi che giocavano non erano più Huarì, Martina e Alan, ma Miriana e la figlia di Nasik. E il tempo passava, inesorabilmente passava. Le due bambine diventavano sempre più alte, ed era ormai giunto il momento di mandarle a scuola. Si ripeteva il solito turno, un giorno era Hassan ad accompagnarle a scuola, l'altro giorno era il marito di Nasik. Tutto sembrava monotono, invece non lo era, il continuo ciclo della vita prendeva il suo corso.

Nasik e Liliana si riunivano per compiere dei piccoli lavori, chiacchierare, scambiarsi delle opinioni mentre i mariti lavoravano. Alcune volte, le due famiglie si recavano in città assieme per gli acquisti e anche per gli svaghi. Le due bambine andavano d'amore e d'accordo fra loro; non si lasciavano mai, l'una difendeva l'altra. Vivevano nel mondo dorato dell'infanzia, nel quale l'unico problema era d'inventare nuovi giochi e divertimenti.

Il giovane medico veniva spesso a casa di Hassan; nell'ultima sua visita notò un peggioramento delle condizioni di Liliana. Ne parlò ad Hassan. A sua detta, dopo la nascita della bambina, Liliana si era fatta più delicata. Gli disse – Forse le gioverebbe un cambiamento di clima, potrebbe rimandarla per un periodo di tempo in Europa.

Hassan rimase profondamente contrariato – Non si potrebbe trovarle delle cure adatte?

– Certamente di cure ce ne sono, però per guarire definitivamente è meglio il cambiamento climatico; può accompagnarla lei.

– Purtroppo sono impegnato con il lavoro, e poi Miriana deve terminare la scuola.

Ne parlò con Liliana, che rifiutava nettamente di partire – Mi sento un po' stanca, è vero, ma non posso abbandonare Miriana.

Però il giorno successivo si mise a letto per una settimana; si convinse a partire.

Fece le ultime raccomandazioni al marito – Abbi cura della bimba e di te, quando avrà terminato la scuola, me la manderai. Ma io spero di ritornare presto. Sai, Hassan, mi sentirò sola senza di te in Europa; vedrai che guarirò presto. Voi due avete bisogno di me.

Al momento della partenza Liliana non riusciva a trattenere le lacrime; avrebbe rinunciato volentieri ad allontanarsi, ma il suo fisico era provato, doveva rimettersi al più presto possibile.

Hassan spiegò alla bimba – La mamma sta male, è andata a curarsi dai tuoi fratelli e dallo zio; presto le faremo una sorpresa, la raggiungeremo anche noi. Saprai mantenere il segreto?

– Sì papà – rispose, aggiungendo – non torneremo mai più qui?

– Miriana, qui vivremo sempre, è la nostra terra.

– La mamma tornerà? Non ci lascerà soli? Senza la mamma come faremo?

Hassan era commosso, mentre rispondeva agli interrogativi della bambina – La mamma tornerà presto, guarita; siamo i suoi due tesori, non può restare senza di noi.

La bambina tendeva le manine verso il padre – La mamma mi ha raccomandato di essere buona con te.

– Allora dormi tranquilla, siamo rimasti soli io e te.

Miriana si alzò in punta di piedi per baciare il padre e gli confidò teneramente– Non aver paura, papà, ci sono io con te.

8

Liliana era assente dall'Europa da anni; era felice di ritornarvi, ma il suo pensiero correva costantemente a chi aveva lasciato. Si sentiva contenta di vivere con il fratello e i figli, però le mancavano immensamente Miriana e Hassan, anche se ogni giorno si tenevano in comunicazione. Terminata la scuola, Hassan diede atto alla sua sorpresa, le portò la bambina, si trattenne alcuni giorni, poi tornò al lavoro; come sempre si sentiva a disagio, lontano dal suo deserto.

La bimba sarebbe rimasta con lei per le vacanze, poi alla ripresa dell'anno scolastico sarebbero ritornate assieme. Martina accompagnava la madre e la sorella in lunghe passeggiate; a loro qualche volta si univa Annie. Su Huarì e Claudio non si poteva far conto, erano sempre impegnati nelle loro ricerche.

La vecchia Europa presentava a Liliana qualche ruga in più da quando l'aveva lasciata. Volgendosi a Martina durante una di queste passeggiate, Liliana le disse – L'uomo l'ha fatta invecchiare, non ha avuto cura, non ha provveduto per lei, l'uomo sta distruggendo le fonti della sua stessa vita.

– Oh. Mamma! Perché non prendiamo coscienza dei beni che ci elargisce madre natura? Ogni cosa la usiamo indiscriminatamente, fino all'esaurimento, senza preoccuparci di cosa avverrà poi, senza cercare una soluzione.

Le loro escursioni divennero sempre più lunghe; Miriana e Martina si sentivano sempre più vicine, il loro affetto cresceva. Prima di addormentarsi, Martina le dava il bacio della buonanotte; quella sera per trattenerla più a lungo con sé, le chiese di raccontarle una fiaba.

– Dovresti chiederla alla mamma, io non ne so.

– Quelle della mamma le conosco a memoria; per favore...

Martina lì per lì non sapeva che fare, poi vista l'insistenza della sorella, per non deluderla iniziò, pur non sapendo nemmeno lei come e cosa dire – Va bene, ci provo. Dunque... viveva una volta, in un paese lontano, un bambino che si chiamava Fragilino. Era chiamato così perché era così delicato che sembrava si dovesse spezzare da un momento all'altro. Fragilino cresceva, ma restava sempre fragile; aveva intenzione di sposarsi, però era un problema trovare una moglie per lui. Mise la sua scheda nel computer, il cervellone gli diede una risposta. Devi andare in un regno lontano, dove vive una fanciulla di nome Fragilina, è lei che ti è destinata in moglie.

Fragilino si accomiatò dai genitori e s'incamminò per quel regno lontano. Sul cammino incontrò molte difficoltà, perché essendo così fragile, aveva bisogno dell'aiuto di tutti. Dopo molto cammino gli si ruppero le scarpette; cercò nei negozi, ma non le trovò della sua misura. Dopo aver girato inutilmente, vide la bottega minuscola di un povero ciabattino. Entrò, il ciabattino si commosse al suo racconto e preso l'unico pezzo di pelle rimastogli, gli costruì delle graziose e robuste scarpette – Ecco – gli disse – ti basteranno per tutto il viaggio.

– Quanto è il tuo compenso, brav'uomo? – chiese Fragilino

– Nulla, mi pagherai al tuo ritorno.

Il ragazzo riprese il cammino, arrivò a un fiume, trovò una barca e il barcaiolo gli chiese – Dove sei diretto? Dove vai?

– Cerco Fragilina; ne hai sentito parlare?

Il remo gli rimase a mezz'aria mentre rispondeva – Sì, ne parlano tutti, si dice stia aspettando lo sposo, allora sei vicino.

Arrivarono alla riva opposta del fiume e di nuovo il barcaiolo, non volle essere ricompensato. Fragilino andò avanti; ormai sapeva di essere sulla strada giusta. Giunse a una montagna, c'era solo un carretto che saliva per lo stretto sentiero. Il conducente lo caricò sul carro e osservandolo gli disse – Sei lo sposo che attende Fragilina? Dopo questa montagna entrerai nel suo regno.

L'alba spuntava, quando il regno dove viveva Fragilina gli si parò dinanzi in tutta la sua bellezza. Salutò il conducente del carro, che rifiutò il compenso. La gente lo riconobbe subito e lo condussero da Fragilina.

Tutti i preparativi delle nozze scattarono e i festeggiamenti si protrassero per otto giorni. Fragilino volle condurre la sposa, fragile come lui, al suo paese e le disse – Ho dei debiti di riconoscenza con delle persone che ho incontrato lungo il cammino.

Fragilina gli chiese – Che cos'è la riconoscenza? Non ne ho mai sentito parlare.

Fragilino stupito rispose – È una virtù che i miei genitori mi hanno dato per primo insegnamento; quando ricevi qualcosa, è buona norma essere riconoscenti a chi ti ha fatto del bene.

La sposa riprese – Qui conosciamo tutte le virtù: la beneficenza, la bontà, eccetera, ma la riconoscenza non sappiamo cosa sia.

Partirono per il viaggio di ritorno e per primo incontrarono il conducente del carro, che di nuovo li portò oltre la montagna. Lo ricompensarono con un sacchetto di monete d'oro. Fragilina aveva voluto ripercorrere la stessa strada, nelle stesse condizioni come l'aveva percorsa il marito. Giunsero al fiume e il barcaiolo li riportò alla riva opposta, ed anche lui fu ricompensato. Passarono dal ciabattino; lo trovarono sempre più povero – Vi aspettavo – disse. Fragilino lasciò due sacchetti di monete d'oro. Il brav'uomo restò confuso e disse – sapevo che la riconoscenza, per quel poco che ho fatto, qualche volta si sarebbe incontrata con la beneficenza; per me è troppo tutto quest'oro, non ne ho mai visto così tanto, in tutta la mia vita.

Fragilino e Fragilina a una voce gli dissero – Quello che è fatto è reso.

Salutarono il ciabattino e partirono nella direzione del paese di Fragilino; si fermarono otto giorni per i festeggiamenti. Poi ritornarono comodamente nel regno di Fragilina ad insegnare la riconoscenza...

Miriana le sorrise – Bellissima – e si addormentò sognando Fragilino.

Trascorrevano insieme una vita felice. Liliana a poco a poco si andava riprendendo e le sue condizioni fisiche apparivano soddisfacenti, rifioriva. Un giorno, mentre erano uscite per la solita passeggiata, incontrarono un'autocisterna che si era rovesciata ed era fuoriuscita l'anidride maleica che trasportava. La sostanza si solidifica al contatto dell'aria, però si stava preparando un temporale e alcune gocce di pioggia iniziavano a cadere; un certo allarmismo si diffuse. Martina esclamò allarmata – Dobbiamo cercare di allontanarci al più presto possibile, la pioggia la trasformerà in acido formico ed esalerà dei gas nocivi.

Si allontanarono; intanto sembrava che anche il temporale si allontanasse. Il cielo restava sempre nero, foriero di piogge, però l'acqua per fortuna non scendeva; sembrava aspettasse la bonifica del terreno sul quale si era riversata l'anidride maleica, a causa dell'incidente.

Questo fatto provocò una serie di discussioni in casa tra Claudio e Huarì; ognuno vedeva a suo modo il sistema di bonifica. Liliana intervenne – Per fortuna non sono venuti ad interpellarvi, altrimenti saremmo già tutti intossicati, a forza di discutere.

Zio e nipote si guardarono, scoppiando in una risata – Hai ragione Liliana, hai ragione tu.

Era già trascorso molto tempo dal suicidio di Friederick, Martina per un certo tempo aveva portato la sua opera su diversi palcoscenici, poi, finito il contratto, si era fermata.

Con sorpresa, un mattino bussò alla porta il regista. – Ho pensato di riprendere le rappresentazioni. Sono state un successo e sono venuto a chiederle d'interpretare la parte che lei ha già così mirabilmente interpretata.

Martina si mostrò perplessa; non desiderava più recitare – Non mi sento, è per me un rinnovarsi del dolore di quella sera, cerchi un'altra attrice.

– Nessuno può recitare quella parte meglio di lei, lo sa perfettamente, è lei stessa il personaggio, Friederick si è ispirato a lei quando l'ha scritto.

Si prese una mano nell'altra, il gesto che era solita fare quando si trovava in difficoltà – Non posso, non posso – andava ripetendo all'infinito.

Sì che potrà, farà rivivere Friederick, farà in modo che non lo dimentichino. Lui in vita cercava il successo, lei gli consentirà di averlo.

Martina insisteva – Questo me l'ha già detto la prima volta, quando voleva convincermi.

– Non mi stancherò mai di ripeterlo.

Martina quasi parlasse a se stessa disse – Non è vero che rincorreva il successo, l'aveva già trovato; era piuttosto il tormento di dare ai suoi lettori qualcosa di valido che lo divorava. E quando per un malinteso ha creduto che i suoi lettori gli voltassero le spalle, ha pensato di essere un fallito, di non aver più niente da dare.

– Ma è proprio per riscattare la sua memoria che deve riprendere a recitare; come si è impegnata in precedenza, sarà come farlo rivivere, tornerà al suo pubblico.

– Forse ha ragione. Questo, Friederick lo vorrebbe da me; lo rifarò ancora per lui.

Firmò il contratto "solo per un anno, uno solo, però".

Liliana si rassegnò a perdere ancora la compagnia di quella figlia inquieta, che non sembrava trovare stabilità da nessuna parte. Le ricordava i tuareg, i fieri signori del deserto. Iniziarono il giro dei diversi teatri, ma Martina non era fatta per il teatro. Al primo spettacolo si lasciò prendere dal panico e fu un fiasco, contrariamente alla prima rappresentazione, quando in sala c'era Friederick. La critica le diede una solenne stroncatura. Non abituata a incassare il boccone amaro, voleva abbandonare. Ma il regista non le permise – Si ricordi che è legata alla mia compagnia da un contratto annuale, quindi abbandonerà quando lo dirò io. La presenteremo su altri palcoscenici, andremo in altre città.

– Sarà sempre un insuccesso – rispose frustrata la giovane.

– No, deve farlo per Friederick, si ricordi; lei non nuocerà solo a se stessa, ma soprattutto a lui. Il teatro deve dare emozioni, il pubblico la deve recepire.

Dopo quella sera, le rappresentazioni si susseguirono. L'impegno di Martina era grande, cercava di stabilire una sintonia con il pubblico, e il successo venne, sempre più in crescendo. Ormai girava per il mondo, telefonava alla madre dai luoghi più disparati e lontani. Aveva conosciuto degli amici, erano gli interpreti della commedia, che costituivano un gruppetto molto affiatato, condividevano anche i divertimenti. Erano tutti attori diversi, rispetto alla sua prima rappresentazione, quando ancora c'era Friederick. Il cast era formato da attori usciti dalla scuola di recitazione, lei era l'unica che avesse preso delle lezioni saltuarie, ma rendeva credibile ugualmente il personaggio, poiché interpretava sé stessa.

Una sera, dopo la rappresentazione, avevano cambiato di nuovo città, dopo aver ricevuto gli applausi del pubblico, trovò ad aspettarla nel camerino una donna.

Aveva un'aria strana – Brava, Friederick sarà contento.

– Lo conosceva? – chiese Martina, chiedendosi chi fosse mai l'intrusa.

– Se vorrà venire da me, lo attenderemo insieme, abito poco lontano da qui – La curiosità si faceva sempre più strada. Gli altri cercarono di dissuaderla – Non andare, quella signora non dev'essere in sé.

Invece si trovò a bussare alla sua porta; una voce rispose "avanti". Attraversò l'ingresso, e guidata dal suono della voce, si trovò in salotto. La signora era seduta davanti alla finestra e scrutava l'orizzonte.

– Si accomodi – le disse senza neppure voltarsi verso di lei – sapevo che sarebbe venuta con me ad attenderlo, non tarderà.

– Chi, non tarderà? – chiese stupita Martina.

Questa volta la signora si volse e con un dolce sorriso – Friederick, naturalmente, o chi, sennò?

La giovane ebbe quasi pietà, ma doveva dirlo a quella donna che lo attendeva – Non può tornare, i morti non ritornano.

– Lui non è morto, bambina, mi ha promesso che sarebbe tornato, me lo promise anni fa, quando partì da qui. Io ero giovane; l'ho atteso, l'aspetto tuttora, so che tornerà. Non hai mai provato ad amare? Amare è quasi come provare a morire.

– Non capisco, signora, non si può tornare dai morti.

La signora sempre più convinta – Siedi con me, e aspetta; vedrai, verrà.

Martina uscì di corsa, sconvolta. Dal pianerottolo di fronte era uscito un giovane della sua età – Scommetto che la signora le ha raccontato la storia; qui lo sanno tutti, ma le lasciano credere che ritorni. Era rimasta delusa dall'amore di uno scrittore che poi divenne famoso. Da quando se ne andò, si chiuse in quella stanza ad aspettare. Poveretta, per lei il mondo non conta più. Non fa del male a nessuno, solamente non è riuscita a superare la delusione. Capisco che persone che non la conoscono possano restare sconvolte.

– Grazie – disse Martina rinfrancata. Il suo Friederick, così buono, così gentile, era stato crudele con quella donna, non aveva mantenuto la promessa.

Il contratto stava per giungere alla conclusione, la commedia aveva ricevuto ancora delle richieste di rappresentazione in altri luoghi, ma tutti erano veramente stanchi dei continui spostamenti. Poi il regista aveva in mente degli altri drammi. Volle provare ad affidare a Martina una parte nella nuova rappresentazione, ma il risultato fu scarso, non si dimostrò all'altezza della situazione e se ne rese conto anche lei – Non ho il talento per continuare a recitare, finché ho interpretato me stessa, tutto andava bene. Non so immedesimarmi nella parte come gli altri, nonostante abbia trascorso quest'anno recitando, è tempo che torni a casa.

– Mi dispiace perderti, Martina; a tutti noi dispiace.

– È stata una bella esperienza, che non dimenticherò facilmente, ma non è la mia strada.

Ritornò a Vienna. Huarì comprese la sua situazione – Non preoccuparti, sorellina, se hai fallito nel teatro, è la tua prima delusione; sei sempre riuscita in tutto ciò che intraprendi. Dovrai abituarti, la vita ci riserba sempre delle amare sorprese. –

La ragazza cambiò discorso – Mamma stava bene quando è partita?

– Sì, si è ripresa benissimo, era contenta di ritornare laggiù.

– Che cosa intendi fare, ora? – chiese lo zio.

– Ho pensato di riprendere gli studi, ho fatto male ad interromperli, tra un anno o due al massimo, ritornerò ancora al mio deserto.

La vita di teatro l'aveva portata ad essere più aperta verso gli altri.

Un giorno, mentre attendeva che Huarì la venisse a prendere, aveva preso posto su di una panchina. Un signore anziano, molto anziano, si sedette accanto a lei, però prima di sedersi le chiese il permesso timidamente, quasi con la paura che gli fosse rifiutato. Da quel momento, per lei divenne il nonno. Quell'uomo era ben vestito, ma aveva la tristezza in fondo agli occhi – Vivo con mia nuora e sono sopportato a malapena, non mi fa mancare nulla di materiale, ma ciò che è più importante, la compagnia. Non ci scambiamo due parole, mi sento solo, emarginato. Sento di essere un peso, mi dolgo di questa situazione umiliante. Abbiamo contribuito anche noi a costruire la società e adesso ci rifiuta, perché non possiamo più lavorare.

– Nonno – gli diceva Martina – lo sai che io vengo dal deserto? Da noi i nonni contano, si ascolta la loro saggezza.

Per Martina, oltre che un nonno divenne un amico; ogni giorno s'incontravano e prendevano man mano più confidenza. Il vecchio non mancava mai all'appuntamento, fra loro si era instaurato un vero e proprio affetto. Per il nonno lei era la nipotina più cara, quella a cui poteva raccontare le sue pene e riceverne conforto. Martina lo portava spesse volte anche a casa e lui se ne stava tranquillo e diceva – Vorrei poter ricambiare; anch'io abito in una bella casa, era la mia, un tempo ubbidivano al mio volere. Ora è stata occupata, mio figlio si è lasciato soggiogare da mia nuora. Lei non mi tollera, aspetta solo l'eredità. Se mi faccio vedere il meno possibile è contenta, pure i suoi figlioli vengono da me di nascosto. Non sarebbe andata così se ci fosse stato Karl...

Qui il nonno tacque e quel silenzio pesò nell'aria. Aveva bisogno di essere incoraggiato per continuare. – Chi era Karl, nonno?

Il nonno rispose – Ognuno ha qualcosa di doloroso da ricordare durante la sua esistenza. Karl era l'altro mio figlio, un cuore buono e generoso. È passato molto tempo da allora. C'eravamo concessi una piccola vacanza, dopo aver duramente lavorato. Karl faceva l'architetto. Proponemmo di recarci a Rio, in occasione del famoso carnevale. Volevamo gustare lo spettacolo, giungemmo via mare. Mi pare ancora di vederla quella visione, così incantevole, tanto da non dimenticarla, si presenta nitida davanti agli occhi solo a evocarla. La nave doveva attraccare al molo Pier Mauà. Prima di raggiungere l'attracco, Rio si para davanti con l'incanto delle sue Praie, la più famosa delle quali è Copacabana, le altre non sono meno belle: do Arpeador, do Leblon, do Ipanema. Dopo essere sbarcati, la Praça Mauà c'immise sull'Avenida Branco, dalla quale si dipartono le strade della città. Ma mi accorgo che sto parlando solo di Rio, ed io volevo parlare di Karl. Ci trovavamo bene io e lui, proprio molto bene, e fu qui che avvenne... – si fermò.

– Martina intervenne – Che cosa?

– Karl si ammalò, prese una febbre e morì.

Il vecchio si fermò di nuovo. Poi riprese – Ritornai e il suo posto lo prese l'altro mio figlio. È buono anche lui, ma è facilmente influenzabile.

– Perché te ne fai una colpa, nonno?

Rispondeva, guardando in un punto indefinito – Lui era morto e per le strade infuriava il carnevale. Eravamo andati apposta per vederlo e Karl era lì, morto, con tutta quella gente festosa che passava ballando sotto le finestre.

– Non fu colpa tua, nonno; se ne sarebbe andato anche qui, si sarebbe ammalato ugualmente.

– Anche i medici mi risposero allo stesso modo. La malattia era già in incubazione, che mettessi il cuore in pace. Ma da allora io non trovai più la serenità, e ora specialmente, nella solitudine, ricordo il mio Karl.

Martina gli si avvicinò, gli prese una mano e la accarezzò – La tua nipotina almeno ti vuole, ti vuol bene, quasi quanto Karl.

Il vecchio sorrise – Ti ho annoiato, piccola? Sono così solo che a volte parlo con me stesso, non avendo nessuno che mi ascolta.

– Io ti ascolterò sempre, nonno, tutte le volte che vorrai – disse Martina, tornando con un budino.

Il nonno aveva notato che Martina era inquieta; gliene chiese la ragione.

La ragazza gli aveva elencato i suoi guai e la sua incessante nostalgia.

– Chi hai ancora, laggiù?

– La mamma, il padre e la sorella.

– Nessun altro?

– Sì, un amico d'infanzia.

– È proprio solo un amico?

– Beh, lui dice che mi aspetta e si è fermato nel deserto, perché anche per lui è il suo mondo.

– Non ti piace, Martina?

– Chi? Alan? – si soffermò con la fronte corrucciata – non credo, non è che un amico d'infanzia.

– Siete cresciuti insieme, nello stesso luogo, ed è forse l'unico che ti capisce.

– Questo è vero, ma sto discutendo d'amore con te, nonno...

Il nonno desiderava la sua felicità; da quando l'aveva conosciuta aveva notato la sua inquietudine, che non era da ricondurre tutta alla nostalgia.

Martina ripensando a Friederick diceva – Ho creduto di amare una persona, ma questa non si è lasciata amare abbastanza e non amava me sola. Aveva la sua arte, la gloria. A lei ha sacrificato la vita, togliendola a me. Credo di non essere più capace di amare, la delusione mi ha tolto la poesia – improvvisamente il suo viso divenne triste – l'amore è una sofferenza senza fine.

Il nonno riprese lentamente – Non hai trovato la persona giusta che ti capisce, è per questo che non vuoi più amare. Parla con Alan, mi sembra il tipo adatto a te.

– Ci proverò, nonno, lascia che passi un po' di tempo. Prima voglio completare gli studi e poi vorrei tornare laggiù.

Avevano fatto proprio un lungo discorso e nei giorni che seguirono (ormai sapevano tutto l'uno dell'altra) continuarono sull'esposizione delle loro problematiche, alle quali trovarono facilmente una soluzione. Martina progrediva sempre più negli studi e ne comunicava i brillanti risultati al nonno, il quale ne gioiva. Passeggiavano molto spesso insieme e per lei sostituiva in certo qual modo il padre.

– Sai Martina – le aveva detto – avevo bisogno d'incontrarti; ero come un delfino. I delfini quando sono malati o feriti cadono sul fondo. Allora, due compagni gli si pongono ai lati e lo sollevano, in modo da consentirgli la respirazione. Io ero malato e ferito e stavo sul fondo e la profondità mi soffocava e spegneva. Tu mi hai risollevato.

– Ci siamo aiutati a vicenda nonno, a volte la vita è così pesante da sopportare, dei momenti terribili ci investono come macigni, ci premono e ci tartassano e noi fragili esseri lottiamo disperatamente per sottrarci – la ragazza fece una pausa.

Il vecchio continuò – Si vorrebbe fuggire per evitare i momenti terribili, in cerca della gioia. Ma questi ci seguono, non ci abbandonano e noi dobbiamo trovare la forza per affrontare il dolore che lacera il nostro cuore, distrugge gli affetti più cari. Quando il dolore scompare, ti accorgi che è passato il tempo, tiri le somme della vita trascorsa e ti accorgi che non hai combinato nulla di buono, provi una grande amarezza; hai sciupato anni della tua vita. Ma la nostra esistenza è composta da alti e bassi.

Nel frattempo si erano fermati a sostare su di una panchina, la ragazza pensava a ciò che le aveva detto il nonno. Come sarebbero stati gli anni a venire? Che cosa le avrebbe riservato l'esistenza? Sarebbe stata avara di gioie e soprattutto sarebbe passata attraverso il dolore; quale? Non era già stata provata abbastanza dalla morte di Friederick? Tutto questo si chiedeva ansiosamente.

Le giunse la voce del vecchio – Non tormentarti, non possiamo sapere a cosa andiamo incontro; per intanto sogna. La tua giovinezza ti condurrà per sentieri rigogliosi, ti farà scegliere tra le gioie più belle. Attenta però, alcune cose saranno allettanti e facili da cogliere, avranno esteriormente un involucro bellissimo, ma dentro saranno bacate. Altre saranno meno belle e difficili da raggiungere, dovrai attraversare dei sentieri accidentati, cadrai, ti ferirai. Ogni via passa attraverso il sacrificio.

– Allora dovrò essere forte, nonno; dove la troverò la forza?

– Ricordati che ogni persona è in grado di affrontare le battaglie dell'esistenza e tanto più dovrai lottare, tanto più ti temprerai.

Quella notte Martina, ripensando a ciò che aveva udito, sognò un mare burrascoso, e un uomo che lottava per non essere sommerso. L'uomo si dibatteva contro la furia del mare, che lo sbatteva come un fuscello. Si agitava, invocando aiuto, tutta la folla dei bagnanti sulla spiaggia lo guardava morire. Vide pure un delfino ferito, che andava a fondo e subito due suoi compagni si precipitavano a sostenerlo. Mentre l'uomo era lasciato in balìa di se stesso, e andava a placare le ire del dio Nettuno. Si alzò piuttosto sconvolta, fortunatamente non era che un sogno.

Scese in cucina e trovò Annie, intenta a preparare la colazione, le chiese – Dove sono Huarì e lo zio?

Provocò l'ilarità della cognata – Dove vuoi che siano? Al solito posto, in laboratorio. Pare abbiano scoperto qualcosa di sensazionale...

come sempre.

Annie proseguì, mettendole nel piatto una fetta di strudel – sono riuscita a strappargli il consenso di fare un pic-nic, per domani. Anzi, oggi mi puoi aiutare a preparare?

I due studiosi avevano portato i loro appunti e mentre le due donne stendevano la tovaglia sul verde prato, loro due discutevano sempre.

– La volete smettere, che è ora di pranzo? – disse Annie.

– Dopo mangiato, potremmo usufruire della vostra compagnia? Ci accompagnerete a passeggiare nel bosco? – propose Martina, senza ammettere rifiuti.

Era una bellissima giornata limpida, con un cielo terso. Alcuni sentieri s'intersecavano nel fitto degli alberi.

Sembrava di vivere in un mondo irreale, ci si sentiva a contatto con la natura. Gli animali del bosco facevano udire la loro presenza, pur rimanendo nascosti. Gli aghi dei pini creavano un tappeto morbido. Dai rami colmi di nidi, si ascoltava il cinguettìo degli uccelli. Era un angolo veramente distensivo, lontano dallo stress quotidiano, sembrava rigenerare a una vita pura e semplice. Giunsero a uno stagno, dove le anatre selvatiche, stavano compiendo i loro giochi d'acqua. Prontamente si levarono in volo.

Martina zittì il fratello, guardandolo con rimprovero – Sei stato tu a spaventarle.

Il fratello si avvicinò, le fece osservare i canneti, le ninfee e la vegetazione del bosco, poi, pacatamente, le disse – Dovrai guardarle bene e ricordarle quando tornerai laggiù.

– Il tuo tentativo di dissuadermi è inutile, il mio posto è laggiù; anche la sabbia ha una sua bellezza particolare, se avrò voglia di verde, potrò sempre venire qua.

Nel frattempo, dopo aver svolazzato intorno, le anatre erano tornate. Si erano fatte furbe anche loro, non avevano visto le doppiette dei cacciatori, ed era uno spettacolo guardarle. Proseguirono ancora il loro cammino, inoltrandosi nel bosco; i raggi del sole filtravano appena attraverso gli alberi frondosi, poi di nuovo ecco aprirsi una conca di verde. Sostarono prima di ritornare.

Lo zio disse – Nella natura c'è la nostra forza vitale, ci ha messo a disposizione le sue risorse, sta a noi non sciuparle e distruggerle.

E Huarì concluse – Dobbiamo far sì che resti a misura d'uomo.

Annie e Martina erano rimaste più indietro e correvano per i prati, in un ritorno di spensierata fanciullezza. Tutto quel verde, declinato in ogni gradazione, metteva allegria. Ogni cosa bella pare terminare subito, e fu ora del rientro.

L'indomani comunicò quelle sensazioni al nonno. Non era solo, era accompagnato dalla nuora; finalmente si erano capiti. Per la ragazza fu un sollievo, ora sapeva che non sarebbe rimasto più solo.

9

Huarì e Annie formavano una coppia normale e affiatata, la loro vita trascorreva tranquilla e serena.

Lui era diventato docente e il suo lavoro d'insegnamento lo occupava per molto tempo della giornata; quando tornava a casa, continuava a impegnarsi con lo zio nel laboratorio. Così Annie si trovava ad avere a disposizione del tempo libero. Doveva trovare il modo d'impegnarlo al meglio possibile e l'occasione si presentò. Una comune amica la invitò a frequentare e a occuparsi con lei, diventando volontaria, in un centro per bambini con diversi problemi fisici.

Per curarli si adottava la pet therapy, la cura con gli animali. Un maneggio metteva a disposizione i cavalli per interagire con questi bimbi sfortunati. Il contatto con il cavallo, animale generoso, infondeva sicurezza, aiutava a socializzare. Servivano volontari per accompagnare i bambini; fu così che nella sua vita entrò Stephan. Era dotato di un sorriso meraviglioso, non parlava, tendeva solamente le braccine verso di lei, per abbracciarla. Si perdevano tutti e due in quell'abbraccio.

Lo portava spesso con sé, a casa a giocare in giardino, dove c'era la gatta dei vicini, di nome Ginevra, che quotidianamente compiva la sua passeggiata, sconfinando. Era una bella gatta tigrata, dal pelo rossiccio, con una striscia più scura posizionata attorno al collo a mo' di collana e due occhioni verdi. Un po' selvatica, non si lasciava accarezzare se non di rado, curiosissima, annusava ogni cosa nuova, ogni fiore o arbusto appena messo a dimora. Instaurò un bel rapporto con il bambino, appena lo vide andò ad accoccolarsi vicino facendo le fusa. In un primo momento scappò, appena lui allungò le manine, poi ritornò con passo felpato e si lasciò accarezzare. Quando c'era Stephan in giardino, lei arrivava e lui era felice con la gatta accanto; si divertiva a vederla impegnata nella caccia alle lucertole, che sembrava il suo hobby preferito.

Era il compleanno di Stephan e Annie pensò di organizzare una festa: avrebbe portato a casa tutti i bambini del centro e i loro genitori, il giardino era grande a sufficienza per contenerli. Stephan attendeva con impazienza quella giornata di festa. I genitori dei bambini le avevano dato una mano per preparare i palloncini colorati e le diverse torte, era una festa per tutti, non solo per Stephan. Sulle tavolate erano presenti ogni tipo di dolciumi e bevande, i bambini si servivano immensamente felici. La giornata trascorreva veloce. I palloncini colorati, ancora legati, attendevano la loro destinazione finale, cioè di essere lasciati liberi di salire verso il cielo, di librarsi nell'aria.

Ogni bimbo aveva preparato un biglietto da legare ai palloncini.

– Bambini – disse Annie – avete il vostro bigliettino con i desideri?

Ognuno si avvicinava e li consegnava; ora ogni palloncino aveva il suo foglietto, era pronto alla partenza. Tra un battimani generale si alzarono nel cielo, sempre più in alto, sino a scomparire, chissà per quale destinazione. I palloncini dei desideri erano sempre più dei puntini lontani.

Stephan aveva scartato i suoi regali. La gatta non si era presentata per tutta la giornata, ma non poteva mancare per fargli gli auguri. Infatti, si presentò saltando letteralmente sul tavolo e si appropriò di una fetta di torta; dopo averla mangiata, leccandosi i baffi, tornò per farsi accarezzare. Era un piacere osservare Stephan, che allungava le sue manine, accarezzandole il rossiccio mantello tigrato.

Il suo impegno nel centro, era un modo per restare a contatto con i bambini, le davano tanto affetto. Se qualche giorno non poteva recarsi da loro, ne sentiva la mancanza. I bambini si tenevano occupati anche con dei laboratori didattici, erano molto recettivi e imparavano subito, s'impegnavano con tenacia. Annie aveva predisposizione per la pittura e volle insegnare a dipingere dei quadri. Aveva procurato i colori, i pennelli e le tele. Una ventina di bambini sedeva attenta.

– Oggi inizieremo a dipingere – annunciò enfaticamente Annie agli alunni.

– Cosa? – chiesero in coro.

Annie aveva con sé un suo dipinto – Ecco, vedete, potete realizzare un quadro come il mio; ognuno di voi è libero di scegliere il soggetto, può trovare l'ispirazione in qualsiasi cosa, un fiore, un frutto, una farfalla, quello che vi passa per la mente e attira o ha attirato la vostra attenzione. Ed ora al lavoro.

I bambini avevano preso sul serio quell'esperienza, potevano rappresentare il loro mondo interiore, un modo di rapportarsi verso l'esterno. La loro personalità si esprimeva attraverso i colori; c'era chi prediligeva i toni più accesi e forti delle varie tonalità di rosso e chi trovava più consoni i colori tenui e delicati. Annie guardava quelle manine, che si muovevano veloci sulle tele, dando forma, oppure solo pasticciando, concentrati nel tentativo di fermare qualcosa sulla tela. Alcuni di loro erano stati veramente bravi, altri meno, altri ancora per niente. Alla fine, però, per tutti arrivò un – Bravi – da Annie. Lei si era compiaciuta di questa sua idea di far dipingere i piccoli, ognuno di loro andava fiero del risultato, perché la sera potevano rincasare, portando con sé il loro piccolo capolavoro da mostrare con orgoglio ai genitori. Queste esternazioni del loro mondo, procuravano uno stato di benessere ai bambini, che si liberavano dalle loro paure.

Conclusa la parentesi del ciclo pittorico, venne il turno delle ricette.

– Domani – disse Annie – faremo lezioni di cucina.

I bimbi all'unanimità decisero – Per primo vogliamo imparare a preparare i dolci.

– E va bene, siete golosi – rispose Annie – però ricordatevi che non si dice vogliamo, ma desideriamo, perché l'erba voglio non esiste nemmeno nel giardino del re.

Sul tavolo si trovavano le uova, la farina e le teglie per infornare. Ogni bambino stava impastando il suo dolce, schizzi di uova e residui di farina erano dappertutto, anche depositati sui piccoli pasticceri. Alla fine però, ogni teglia aveva il suo impasto, al resto, alla cottura, avrebbe pensato il forno. Il risultato fu incerto, alcune torte erano perfette, altre non erano lievitate, altre erano storte e debordavano da un lato della teglia.

– Occorre più pratica – sentenziò Annie – riproveremo, e questa volta inviteremo i vostri genitori alla degustazione delle vostre preparazioni.

Questi laboratori didattici, stimolavano la creatività dei bimbi; loro erano contenti di cimentarsi in queste prove e nel contempo si divertivano. Annie veniva accolta festosamente, i bambini miglioravano a vista d'occhio, l'ippoterapia aveva prodotto i suoi benefici effetti. Dovevano ancora affrontare le prove in cucina, volevano diventare esperti, ritentarono. Questa volta ci fu più attenzione, precisa, quasi maniacale, non più impasto sparso dappertutto. Il risultato fu ottimo e decretò la possibilità d'invitare i genitori, il rischio di una pessima figura fu evitato. Gli inviti furono diramati, i bambini avevano pensato personalmente al modo di apparecchiare la tavola, le richieste di aiuto furono limitate e quasi nulle, tanto che Annie si era seduta in un angolo a osservare in distanza che tutto funzionasse a dovere.

– Manca ancora qualcosa – disse dal suo angolo.

Tutti si precipitarono da lei, circondandola, almeno chi di loro poteva camminare – Non manca nulla Annie, abbiamo apparecchiato, come ci avevi insegnato tu.

– Dove sono i segnaposto?

Un attimo di panico sconvolse le loro certezze – Non li abbiamo, come facciamo? – risposero.

– Non preoccupatevi, faremo in tempo a prepararli; andate a prendere i cartoncini.

Immediatamente comparvero i cartoncini colorati.

– Ecco, ognuno di voi scriverà i nomi dei genitori e decorerà con dei disegni, sarà anche carino scrivere una frase di benvenuto. Il tutto sarà pronto prima del loro arrivo.

I genitori presero i posti a loro assegnati e si commossero nel leggere le frasi che i figli avevano loro dedicato, trascorsero un bel pomeriggio, apprezzarono le prelibatezze, preparate soprattutto con amore.

Annie e la sua amica avevano pensato di organizzare una gita, per farlo dovevano chiedere dei permessi e l'aiuto dei genitori. Questi ragazzi non erano del tutto autonomi e necessitavano di assistenza per accompagnarli. I genitori furono favorevoli, anzi, accettarono tutti. Arrivarono i pulmini attrezzati per il trasporto delle carrozzine per chi le usava. La meta scelta non era distante, un percorso facile facile, senza ostacoli, nel verde della campagna. Prati verdeggianti e punteggiati di fiori li accolsero. Stavano seduti sull'erba in cerchio e ognuno si poteva guardare in viso; era una sosta di ristoro. Un bimbo espose la sua opinione – Guardate, quante sfumature di colore sono presenti; per i nostri prossimi dipinti saranno una fonte d'ispirazione. Ripresero a camminare, per chi poteva; gli altri, sulle loro carrozzine, seguivano, sospinti dai genitori. Percorrevano un sentiero che si snodava dolcemente e a tratti saliva, però non era faticoso.

I bambini erano curiosi, si beavano del panorama – Dove conduce?

– chiedevano con insistenza

– Ora vedrete – rispose Annie che sembrava conoscesse bene la zona. Infatti, ecco apparire un corso d'acqua piccolissimo, era una sorgente, si vedeva scendere e poi si allargava. – Vedete ragazzi, nel suo scorrere, raccoglie altre acque, fino a ingrossarsi; ora è una polla d'acqua sorgiva, poi diventerà un ruscello, poi si trasformerà in un fiume, continuerà il suo cammino, passerà dai paesi, toccherà città, con le sue acque potrà fornire energia, irrigare i campi. Queste sono le meraviglie della natura, ci offre tante cose gradevoli alla vista, utili; che cosa c'è di più bello che ammirare un panorama, un prato, un fiore. Ci s'impone però il dovere di saper conservare questo patrimonio e lasciarlo fruibile a chi verrà dopo di noi.

Quelle uscite all'aria aperta giovavano ai bambini, li rendevano spensierati, però avevano lo svantaggio di non essere sempre fattibili. Comunque questa escursione era ben riuscita, forse si sarebbe potuta ripetere.

Stephan non perdeva occasione per accompagnare a casa Annie, c'era la gatta Ginevra, con la quale giocare. Poi lei era simpatica, si prendeva cura di lui, lo chiamava il bambino che parlava con gli occhi. Era bello stringere la sua mano e insieme passeggiare in giardino. Annie spesso lo riaccompagnava a casa, quando i suoi genitori non potevano passare a prenderlo.

Gli aveva detto – Ti porterò a visitare il Duomo di Santo Stefano; è il santo di cui porti il nome.

Lui, aveva accennato di sì con la testa, sorridendo. Però continuava a guardarla con fare interrogativo.

– Volevi chiedermi quando sarà?

Nuovamente, il piccolo fece segno affermativo con la testa.

Annie aveva estratto una piccola rubrica, dove segnava i suoi appuntamenti – Dunque, vediamo, vediamo... la prossima settimana va bene?

Questa volta s'illuminò e batté con forza le manine.

La settimana successiva, Stephan la attendeva impaziente sotto casa, accompagnato dalla mamma. La madre lo consegnò ad Annie, ringraziandola, fece un'ultima raccomandazione al figlio – Comportati bene, non fare il monello. Arrivarono nella Stephansplatz e Annie cominciò a fare da guida turistica e insegnante contemporaneamente. – La cattedrale di Santo Stefano è maestosa. Guarda il tetto spiovente com'è rivestito; pensa, sono 250.000 piastrelle di maiolica, con disegnato lo stemma imperiale. È stata costruita in stile romanico - gotico. Questo lo imparerai quando sarai più grandicello. Invece, sulla destra, c'è il campanile; è molto alto, 137 metri. Entrarono all'interno, ammirarono le vetrate, le navate. Per Stephan tutto era grande; lei cercava di rendere comprensibile al bambino quel patrimonio artistico.

La madre venne a ritirare il piccolo e notò la felicità nei suoi occhi. Non sapeva come esprimere la sua gratitudine e si limitò a un timido – Grazie per il suo impegno.

Annie si era affezionata a tutti; amava i bambini, avrebbe voluto diventare madre, ma per ora non era ancora successo. Pensava a Huarì, lui non toccava mai l'argomento.

Lei e la sua amica s'impegnavano per rendere la vita meno dura, avevano molte idee e cercavano di realizzarle. – Si poteva fare di più – pensavano, ed erano convinte che il tempo speso a quel modo non era assolutamente sciupato, anzi, procurava un arricchimento interiore da ambo le parti.

Questa volta la gita era sta fissata fra tre giorni – Visiteremo la scuola di equitazione spagnola.

Si trovarono tutti in fila davanti all'ingresso. Tutti si dimostrarono entusiasti mentre Annie spiegava – La scuola di equitazione risale al

1572, sotto l'impero austriaco; ora entreremo e ci godremo lo spettacolo.

I cavalli erano entrati nell'arena per eseguire l'addestramento – Non sono come i nostri cavalli – disse un bambino che si trovava vicino ad Annie.

– C'è molta differenza, loro sono addestrati per eseguire determinate figure, impiegano anni per imparare; queste figure hanno dei nomi: capriola, courbette, levata, a ognuna di esse corrisponde un allenamento intenso, il maneggio, un tempo era esclusivamente riservato alla famiglia imperiale.

Erano belli e maestosi quei cavalli; nello spettacolo mattutino davano il meglio di sé, flessuosi eleganti, si muovevano in quella cornice barocca. Un altro bimbo guardava a occhi spalancati, seguiva ogni movimento, incantato.

Annie indicava i cavalli – Sono cavalli della razza lipizzana.

– Come sono belli! – esclamò un altro, aggiungendo – anche i nostri, però mi piacciono tanto, perché li possiamo cavalcare anche noi e rispondono alla nostra guida.

Lo spettacolo era terminato, si sentivano appagati, i cavalli si ritiravano con i loro addestratori e i bambini uscivano, scambiandosi le loro impressioni.

– Domani andremo ancora a cavalcare, i nostri cavalli ci aspettano – annunciò Annie.

– I nostri cavalli sono tranquilli, hanno un bel mantello colorato, poi si lasciano strigliare da noi – disse un altro ragazzino – anche se non sanno eseguire passi di danza...

– Però ci portano a passeggiare in mezzo alla natura – aggiunse chi gli stava vicino.

– Allora – intervenne Annie – i cavalli lipizzani non vi sono piaciuti?

– Certo che sì, cosa dici Annie, sono immensamente bravi, è stato bello vederli, uno spettacolo incantevole.

Era ora di tornare, il tempo incalzava, i genitori li stavano aspettando.

Tenuto conto del successo che questi itinerari riscuotevano, decisero di fare un'altra gita e di recarsi nel quartiere del Grinzing. Come il solito tutti parteciparono. Nel corso dell'escursione, Annie si mise a spiegare – Questo è un antico villaggio di vignaioli, siamo sulle pendici delle colline del Wienerwald – I piccoli guardavano, le case, ammirandole, erano graziosissime.

Annie e i loro genitori avevano concordato di portarli negli Heurigen.

– Che cosa sono? – chiedevano i bambini

– Dovete sapere – diceva Annie – questi locali seguono la tradizione di servire il vino nuovo della stagione; ovviamente, penso che voi non berrete vino – precisò con tono scherzoso la maestra.

– Allora, come faremo per bere? – chiesero allarmati i piccoli.

– Non preoccupatevi, servono anche bevande analcoliche e per voi ci sarà anche l'acqua.

– Meno male! – esclamarono all'unisono, con un sospiro di sollievo.

Si accomodarono ai tavoli, ognuno scelse il menù preferito. Intanto dei suonatori passavano, si soffermavano, di tavolo in tavolo suonando la fisarmonica, la chitarra, i violini.

– Che bello qui, non si vorrebbe più andar via.

Annie continuò la sua spiegazione – Questi musicisti che suonano negli Heurigen hanno un nome, Schrammeln; in linea di massima sono composti da quattro elementi, suonano musica popolare, avvalendosi appunto di strumenti musicali quali fisarmonica, chitarra, violini, allietando i clienti.

Il villaggio del Grinzing si allontanava, mentre loro tornavano alle loro case.

Ci fu un arrivo importante per Stephan che gli avrebbe cambiato la vita: al Centro era arrivata Alexandra, una specialista in logopedia. La dottoressa, si era subito accorta di lui, lo prese in disparte e gli disse – Lavoreremo insieme, t'insegnerò, giocheremo.

Cercava di seguirlo il più possibile, si era prefissa uno scopo e cercava di attuarlo, impegnandosi al massimo. – Ho bisogno della tua collaborazione, mi aiuterai? – chiese al bambino – voglio che, prima che io me ne vada, tu riesca a pronunciare qualche parola; non dico molte, però qualcuna, piano piano.

Stephan sorrideva, muovendo la testa in tono affermativo.

–Sarà difficile, ma ci aiuteremo a vicenda; coniamo un motto che sarà il nostro: "riusciremo". Questo ci accompagnerà lungo il percorso.

Alexandra aveva iniziato le sue lezioni. Con dolcezza, riusciva a catturare l'attenzione di Stephan – Per cominciare, faremo pochissimi esercizi, proprio l'essenziale. Ti piacerebbe riuscire a pronunciare mamma e papà?

Stephan rispose battendo di gioia le manine.

– Allora, forza, mettiamoci all'opera d'impegno. Per prima cosa dobbiamo eseguire degli esercizi labiali; ora ti spiego, guarda la mia bocca, ripeti le mosse, vedi la lingua come si muove, la devi posizionare tra i denti, ripeti, ripeti, ripeti, non stancarti mai di ripetere, di provare e riprovare, solo così riuscirai.

Stephan seguiva ogni movimento dell'insegnante, era faticoso per lui, essendo la prima volta, gli era sembrato più facile, quello che gli aveva prospettato Alexandra, ma ora...

L'insegnante aveva percepito i suoi pensieri, ma continuava a ripetergli con solerzia – Devi fare così, devi fare colà.

Per lei tutto era facile: i suoni uscivano a formare le parole, per comunicare con le persone. Anche lui desiderava parlare, faceva parte dei suoi sogni, poi da quando era arrivata Alexandra aveva iniziato a nutrire la speranza di poterlo fare presto, realmente, non più in sogno. Era tremendamente difficile, però. Forse quel giorno si stava avvicinando, o non sarebbe stato possibile? Erano già passate qualche settimana, e progressi non sembravano essercene. Stephan prese un biglietto e scrisse – Non riesco, credo che non riuscirò mai, mi sento avvilito, mi dispiace, hai perso tempo con me.

Lo consegnò ad Alexandra; una lacrima aveva bagnato il foglietto. Il bimbo non la guardava mentre lei leggeva il suo scritto; aveva la testa china, mortificato. La dottoressa gli sollevò delicatamente il viso, vide quegli occhioni velati di lacrime e gli esternò – Non scoraggiarti, ricordi il nostro motto? Penso di sì; vedrai, "riusciremo".

Stephan parve più sollevato e si ripromise di continuare. Andò avanti così per un periodo, tra alti e bassi, scoraggiamenti e riprese. Quando si lasciava andare c'era sempre Alexandra che gli ripeteva il motto "riusciremo". Dopo un periodo di continue prove e tentativi, sembrava aprirsi uno spiraglio e il giorno tanto atteso venne, inaspettato: un suono, poi un altro, sempre in crescendo. Alexandra commossa abbracciò il piccolo, ripetendo il loro motto – "Riusciremo", hai visto, ha funzionato; per ora deve restare un segreto tra noi, deve essere una sorpresa per tutti, dobbiamo perfezionarci, tu continua a esercitarti, sempre, cerca di sfruttare ogni momento a tua disposizione, così facendo a poco a poco inizierai ad acquisire una certa padronanza del linguaggio. La strada sarà ancora lunga, anche un po' in salita, ma non ti spaventerai; se sei arrivato sin qui, ce la puoi fare.

Annie aveva chiesto ad Alexandra – Come va, Stephan?

Lei aveva risposto – Progredisce sempre, si applica nello studio e negli esercizi che gli propongo, mi segue con profitto; sono contenta di lui.

Annie andò in cerca del bimbo – Stephan, vieni, ti accompagno a casa, così passerai a salutare la gatta Ginevra, lei staziona sempre nel mio giardino.

Lui, come il solito, batteva le manine; era il suo modo di esprimere la sua gioia. Era particolarmente affezionato alla gatta e anche lei sembrava gradire le sue attenzioni; era solito accarezzarla, non le faceva i dispetti, non le tirava la coda, si divertiva nel vedere le sue piroette. In un biglietto aveva scritto che la chiamava piccola tigre rossa, perché sembrava una tigre in miniatura. Spesso le portava i croccantini, gli piaceva vederla sgranocchiare con avidità. Anche Annie la considerava un po' una mascotte, quando arrivava lei, la chiamava grattandole alla porta.

Annie e la sua amica avevano insegnato ai bambini del Centro a fare alcuni lavoretti, per tenerli occupati. Erano diventati davvero bravi, avevano pensato di raccogliere tutti questi manufatti e organizzare una mostra, in modo che parenti e amici potessero vederli. C'era già a disposizione molto materiale, però Annie disse – Vorremmo esporre all'ammirazione dei visitatori i vostri lavoretti; possiamo usare quelli che già abbiamo e produrne degli altri appositamente per quell'evento. Ognuno pensi a ciò che vorrebbe fare. Tutti si misero alacremente al lavoro; non c'era molto tempo, ma abbastanza per dar modo di sbizzarrirsi nella realizzazione delle opere. Per Stephan era un impegno in più, lui doveva continuare i suoi esercizi con Alexandra. Gli piaceva dipingere, e i suoi dipinti riscuotevano successo, così pensò di preparare un quadro. Gli piaceva anche costruire giocattoli, impiegando tutto il materiale possibile; gli piaceva riciclare.

Per allestire la mostra occorreva anche un minimo di organizzazione, doveva essere fatta tutta dai bimbi. Era la loro opera, e dovevano partecipare attivamente.

– Bambini, chiediamo la vostra collaborazione – disse Annie.

Nello spazio adibito alla manifestazione, furono spostati i tavoli e addossati alle pareti, per formare uno spazio vuoto al centro, sui tavoli posarono delle tovaglie bianche e sopra, finalmente, furono deposti con cura i lavoretti; erano tanti e non rimasero più spazi vuoti.

– Qui siamo a posto – disse Annie – abbiamo finito. – Poi di colpo si riprese e annunciò – Non del tutto, sapete cosa manca? –

I bambini si consultarono l'un l'altro, non trovando una risposta.

Annie venne in loro aiuto – Un punto di ristoro per i visitatori.

– Dobbiamo preparare le torte? – chiesero.

– Ragionando ci siete arrivati; certo che sì.

L'indomani, giorno di apertura, i dolci si trovavano disposti sul tavolo all'ingresso, assieme alle bevande.

– Siamo in perfetto orario, potremmo anche aprire al pubblico. Prima però ci serve qualcuno che funga da guida, chi si offre? –

Un coro di – Io, io – riempì la stanza.

– Va bene, farete così: ognuno si porrà davanti al proprio lavoro e lo spiegherà.

I visitatori, composti dai parenti e conoscenti, iniziavano ad affluire tra i tavoli, a commentare, i piccoli si affannavano a dare spiegazioni, sulle loro attività, fornivano una serie di informazioni soddisfacendo la curiosità dei presenti. Erano proprio bravi. Stephan si trovava davanti al giocattolo che aveva costruito, che rappresentava un camion; se lo rimirava, quando arrivarono i suoi genitori. Anche loro lo ammirarono, guardando il figlio, nella cui mente si affollavano diversi pensieri, assillato com'era dalla paura di non riuscire. Alla fine, Stephan vinse il timore, cercò lo sguardo di Alexandra e annunciò – Mamma, papà, è il mio giocattolo.

Tutti si voltarono, era questa la sorpresa che aveva preparato Stephan, era riuscito a parlare. Sparì subito in un abbraccio affettuoso con la madre e il padre, estremamente commossi.

Dopo aver partecipato al rinfresco, i genitori e parenti iniziarono a sfollare; in lontananza, Stephan indicava il suo gioco.

10

Quell'anno Martina si laureò e prese la decisione di ritornare. Si consultò con il nonno, che le rispose – Figliola, la tua decisione l'avevi già presa sin dalla partenza, ami la tua terra, ti struggi nel restare lontana. Il tuo posto è laggiù. Poi c'è Alan che ti aspetta.

– Lo zio, mio fratello e Annie, vorrebbero trattenermi, ma hai ragione tu, se voglio la felicità, devo tornare alla mia distesa di sabbia.

Preparò la valigia, ponderando che amava anche Vienna per ciò che le aveva dato, anche se aveva sofferto. Volle vedere per l'ultima volta i luoghi dove era stata felice e a essi affidò le proprie pene, il dubbio di un domani incerto. Al campo furono tutti contenti di rivederla. Riprese la vita di sempre. Alan per primo si presentò a riceverla. Lesse sul suo viso tanta felicità. Sua madre sembrava essersi ristabilita.

Martina ed Alan ebbero modo di vedersi spesso. Ogni volta che stava con lui, la ragazza, aveva molte cose da raccontargli. Il giovane aspettava il momento propizio per rinnovarle la sua proposta.

Attendeva che Martina terminasse di raccontargli la sua vita a Vienna, ma lei sembrava non finisse mai, finché un giorno, stanco di aspettare, la interruppe – Non ti pare che abbiamo parlato abbastanza dell'Europa?

Martina si voltò inviperita – Beh! Se t'infastidisce...

– Non prendertela così, Io volevo... dovevo chiederti una risposta. Hai pensato a me? Divideresti la tua vita con la mia? –

Martina tentò una reazione. Alan la fermò – Non rispondermi subito, aspetterò.

La ragazza rispose – Alan, ho avuto tutto il tempo per pensarci, lo sapevo già cosa volevi chiedermi. Non ti terrò più sulle spine; ho già deciso, divideremo la vita insieme. Non credere però che io sia giunta a te dopo aver subito delle delusioni, solo perché sapevo che mi stavi aspettando. Abbiamo delle affinità, siamo entrambi figli della stessa terra che amiamo, siamo cresciuti insieme, e soprattutto ci capiamo a meraviglia. Sono delle basi valide per costruire una famiglia, finalmente potrò vivere senza quella nostalgia per il deserto che provavo a Vienna.

Alan la abbracciò – Sapevo che saresti tornata a me.

Annunciarono la loro decisione alle rispettive famiglie, che già s'immaginavano questo epilogo. Dopo i vari preparativi, il giorno delle nozze Martina era raggiante; la felicità s'irradiava sul volto, cancellava i bui ricordi lontani. C'erano molti invitati al loro matrimonio, vennero lo zio Claudio e Huarì con Annie. I due sposi si accinsero a partire per la luna di miele, Istanbul li attendeva. Alan vi era già stato, ne era rimasto affascinato e aveva proposto il viaggio alla moglie. E, infatti, la città si presentò in tutto il suo splendore. Videro la mole dorata di S. Sofia, il tesoro, la sala del trono al Topkapi, la residenza dei sultani, il bazar, insomma tutto ciò che il turista normalmente visita. Alan scattava fotografie in continuazione. Martina, al bazar, si mise a contrattare i prezzi dei souvenir. Alan la fotografò sul ponte di Galata, l'antico ponte che funge da collegamento dalla città vecchia alla nuova. C'era un vaporetto che portava alla riva asiatica per le Isole dei Principi.

– Ci andremo anche noi, Alan, sul Bosforo?

– Possiamo andarci anche subito.

Presero posto sul battello, stavano passando davanti all'ultima residenza dei sultani, costruita in legno, come quasi tutte le ville sul Bosforo. Si stavano avvicinando alla riva asiatica; Alan le stava accanto – Rivedo con piacere questi luoghi; con te acquistano un'altra dimensione.

La gita in battello si concluse, era ora di tornare all'albergo per il pranzo.

Martina, con l'aiuto di Alan, stava vagliando tutte le possibili escursioni – Oggi potremmo andare al Corno d'Oro, è il mare che penetra nella città, spezzandola in due.

Quei giorni di sogno volarono in fretta, si doveva tornare alla vita di sempre, Alan doveva riprendere il lavoro. Avevano preparato una graziosa casetta, poco distante dalla madre. E ora lei si preparava a seguire il medesimo ritmo di vita al quale sua madre aveva aderito anni prima.

Liliana era felice di vedere le due figlie e sembrava rifiorire, Martina e la madre trascorrevano lunghe ore insieme, la lontananza le aveva riavvicinate. La ragazza raccontava alla madre della sua vita trascorsa lontano da lei. Liliana le chiese – Sei felice, figlia mia?

– Oh, mamma! Alan è un uomo meraviglioso; ho aspettato tanto per dirgli di sì, eppure eravamo fatti l'uno per l'altra. Ma io credevo che Friederick fosse il mio tipo, invece era solo un abbaglio; c'è stato un periodo in cui non sapevo cosa fare, specie dopo la sua morte .

– Rimpiangi qualcosa?

– No, è stata un'esperienza, non rimpiango nulla, nemmeno Vienna. Ero spesso malinconica, mi mancavate tu, papà e il mio deserto.

La madre riprese – Ora sei tornata, sei con noi e con Alan. Tu e quel ragazzo, siete cresciuti insieme, vi conoscevate da sempre. Solo hai dovuto allontanarti per capirlo.

Martina parve immergersi in pensieri, poi a un tratto sbottò – Invece lui lo sapeva da sempre, per questo mi ha atteso; invece io ho rischiato di perderlo, se non ci fossero stati tanti "se". Ma l'importante è che io e lui ci siamo ritrovati. Abbiamo iniziato la strada da bambini, poi ci siamo separati; è stato un breve e nello stesso tempo lunghissimo periodo.

I primi mesi di matrimonio trascorsero serenamente, nessuna nube offuscava la loro felicità. E il tempo continuava il suo cammino, invecchiando le cose e gli uomini.

Alan e Martina si avventuravano spesso nel deserto, che tanto amavano, solevano affermare – È una nostra componente, questa sabbia.

Ed Alan, pure bonariamente, ci scherzava – Certo, la tua testa è riempita di sabbia.

E Martina rideva alla sua esclamazione. Amavano il deserto anche quando diventava cattivo, quando il vento sollevava la sabbia e cancellava le piste. Era il modo con cui esprimeva la sua ira. E subentrava il racconto del nonno, la vendetta su chi perforava le sue viscere.

Nulla al villaggio era cambiato da che era partita. Le solite visite per il tè in casa delle amiche. Le donne, dopo aver riordinato la casa, avevano a disposizione molto tempo libero. A Martina, subito si presentò il problema di come occuparlo. Non poteva di certo recarsi tutti i giorni in città, dalla quale erano abbastanza distanti. Ma non trovò il tempo di escogitare nulla, poiché la madre ebbe di nuovo una ricaduta, per cui dovette ritornare in clinica, e lei si trovò a badare alla sorella.

Ricomparve il giovane medico, che nel frattempo si era affermato e questa volta parlò anche a lei – La signora non sopporta più questo clima, dovrebbe ritornare in Europa.

Hassan si convinse che per il bene della moglie, sarebbe stata la soluzione ottimale, anche se il periodo sarebbe stato più lungo del precedente. Avrebbe potuto soggiornare da Huarì finché non si fosse rimessa completamente, a Miriana avrebbe badato la figlia maggiore.

Liliana a malincuore partì. Un altro ritorno; si sentiva stanca. Annie e Huarì la attendevano, andarono a riceverla. Loro erano molto gentili, ed erano contenti di ospitarla; Liliana era simpatica, non dava nessun fastidio, anzi, e Annie era contenta della sua compagnia, specialmente ora.

– Devo comunicarti – le disse con infinita gioia – che sono in attesa di un bambino; l'abbiamo desiderato tanto.

Liliana sorrideva, le s'illuminava il viso – Diventerò ancora nonna, è bello vedersi circondati dai nipoti.

– Non ci speravamo più, ormai – e dopo una pausa – frequentavo un centro per bambini, come volontaria, ogni volta che parlavo con un bimbo, mi chiedevo perché non potessi chiacchierare con uno mio; mi causava un gran dispiacere, mi piacciono i bambini...

Da quando Annie era in dolce attesa, Liliana si prodigava per aiutarla, anche se lei diceva – Sto bene, posso fare senza aiuto, devi riposarti.

– Non voglio sentire sciocchezze, hai più bisogno tu di riposo, io sto bene – rispondeva Liliana.

Le due donne passavano degli interi pomeriggi a passeggiare, a volte sedevano in giardino a confezionare il corredino per il nascituro. Si scambiavano tanti consigli, utilissimi per la futura mamma.

Ormai era giunto il tempo vicinissimo alla nascita – È un maschio – le aveva detto Annie.

Liliana aveva chiesto che nome avrebbero scelto. Si toccò l'argomento una sera a cena, ognuno espresse il suo parere e nessuno trovava un accordo sul nome; ne furono proposti parecchi e tutti per un motivo o per l'altro vennero esclusi. Liliana disse – Pensateci questa notte; la notte porta consiglio.

Annie però aveva già una sua idea. Non lo disse a nessuno e se ne andò a riposare.

L'indomani, appena alzata, quando si presentò a colazione, disse candidamente – Si chiamerà Maximilian.

– Come mai questo nome? – chiese Huarì.

Lo zio Claudio esclamò – Bello – e infilò la porta del laboratorio.

Liliana si aggiunse al coro – Mi piace.

Annie disse – È un nome cui ho sempre pensato, da ragazzina, che se avessi avuto un figlio, l'avrei chiamato così; il tempo è arrivato e mi sono rammentata di questo.

Gli ultimi giorni della gestazione passarono tranquillamente; un mattino, Maximilian vide la luce in una clinica. Huarì era come trasognato, non era preparato a diventare padre. Liliana, Huarì e Claudio si recarono da Annie.

– È un bambino bellissimo – proferì Liliana, raggiante.

Huarì era incantato a guardarlo, un bambino suo, arrivato proprio quando non lo aspettava più.

– Non si deve mai perdere la speranza, io l'ho sempre insegnato a voi ragazzi – sostenne la madre.

Liliana si era occupata della casa in assenza di Annie; ora la stava preparando per accoglierli dopo le dimissioni dalla clinica. Voleva darle un tocco di allegria, come augurale benvenuto per tutti e due.

Dei fasci di fiori ornavano il soggiorno. La cameretta del bimbo era in ordine. Tutto era predisposto con precisione e cura, un'accoglienza perfetta.

L'arrivo del neonato provocò una vita nuova in quella casa, aveva attirato l'attenzione di tutti, persino Huarì e Claudio tralasciarono di dedicarsi ai loro studi per seguire le sue mossettine. Huarì era più presente.

Liliana e Annie trascorrevano il tempo con quella piccola creatura; era impegnativo accudire a un neonato. A Liliana pareva di essere tornata indietro nel tempo, quando si occupava dei figli, si sentiva ringiovanita e lo diceva alla nuora – Avevo tante preoccupazioni, non sapevo se sarei stata capace di crescerli.

– Il risultato è stato ottimo, vedo mio marito e Martina – rispose la nuora.

– Grazie per il complimento; ogni persona non sa quante risorse possiede, però nelle difficoltà è in grado di usarle, anche se non si rendeva conto di averle.

Annie, con fare pensieroso, rispose – lo so, me lo rammentavano sempre i genitori.

Maximilian cresceva, coccolato dalle due donne. Liliana aveva programmato un soggiorno lungo, nel frattempo avrebbe potuto godere dei progressi del piccolo, che ogni giorno imparava qualcosa di nuovo, mandandole in visibilio.

Così Liliana vide spuntare i primi dentini, lo accompagnò nei primi passi, lo consolò nelle ovvie cadute.

E fece pure in tempo a udire le prime parole. Mamma e papà le aveva già imparate, e un giorno allargò le braccia per abbracciarla e stentatamente pronunciò – Nonna – poi, più forte e più sicuro, chiaramente di nuovo – Nonna.

Liliana rideva e lo baciava, era il più bel regalo che Maximilian gli avesse potuto fare – Piccolo della nonna, non ti dimenticherò, anche da lontano sarai sempre nel mio cuore.

Anche Stephan continuava a frequentare la casa e si beava; guardando il bebè, lo chiamava – Maximilian, verrai a giocare con me.

Per Martina, però, le amarezze non erano terminate. Alan le aveva comunicato – I pozzi di petrolio si stanno prosciugando, non riusciamo più a estrarre la quantità di prima. Sono molto preoccupato.

Martina si era avvicinata al marito e aveva detto, con voce rassicurante – Non ti scoraggiare.

– Purtroppo – continuò Alan – tuo fratello e lo zio avevano visto giusto.

Passarono alcuni mesi, e arrivò la fine dell'anno. Al tradizionale brindisi di saluto al nuovo anno regnava un'atmosfera tesa. Su tutti incombeva la minaccia di dover sgombrare da un momento all'altro. Infatti, arrivò la notizia dell'esaurimento del primo pozzo. La portarono quella notte stessa gli operai addetti. Si trovarono in quella situazione, un pozzo chiuso e gli altri che diminuivano sempre di più. Alan e Hassan si associarono nel cercare di arginare la diminuzione di estrazione e scongiurare la minaccia di dover abbandonare la terra, specialmente quella terra, che per loro rappresentava dei motivi affettivi ben radicati. Hassan e lui cercavano nel bagaglio di nozioni di Huarì e Claudio, le misero in pratica, unendo la loro esperienza tecnica. Pensarono di perforare un po' più avanti. La ditta appaltatrice diede il suo consenso, mise a disposizione il materiale dello smantellamento del primo pozzo.

Hassan e Alan batterono le zone desertiche circostanti, cercando di ridurre le distanze, e in caso di giacimenti ridurre le spese, non sostenendo l'onere di dover trasferire il villaggio. Non si concedevano alcun riposo, solo l'indispensabile, e lavoravano con straordinario attaccamento; per loro era una ragione vitale, quella terra non poteva tradirli, era la loro madre. Una madre ha sempre qualcosa da donare ai suoi figli.

A loro si univa anche Martina e si ripetevano calcoli su calcoli, per trovare la zona giusta da perforare. Alfine si decisero, e iniziarono i lavori. Per ora il pericolo non era imminente, gli altri pozzi, anche se in minor misura, non erano del tutto esauriti. E intanto potevano proseguire le ricerche e se avessero avuto fortuna, per altri anni non ci sarebbero più state tensioni e preoccupazioni.

Stabilito il luogo, iniziarono il trasporto del materiale; lo facevano a tempo perso, terminato il turno di lavoro, a loro si erano uniti degli altri lavoratori, accomunati dalla stessa sorte. La trivella aveva iniziato a perforare, e ogni metro rappresentava un motivo di speranza in più. Chissà per quanto e a quale profondità avrebbero dovuto trivellare. Alan non parlava d'altro a Martina. Lei, dapprima fiduciosa, pensava all'avvenire, all'evenienza di dover lasciare il tanto vagheggiato villaggio, e risentiva le stesse sensazioni di quando ne era stata lontana. Alan e il padre di lei non avevano mai provato a lasciarlo; se si eccettuava per suo padre la visita a Vienna alla consorte, che era stata una breve parentesi. Non avevano mai provato l'acuta nostalgia di Martina, che avrebbe dovuto ricominciare daccapo.

Il petrolio dagli altri pozzi lentamente si esauriva; intanto, la trivella aveva continuato a scendere sulla nuova zona con risultati negativi. Alan le aveva detto, una sera, mettendosi le mani nei capelli, in un gesto sconsolato – Non è possibile che non esista il petrolio, non è possibile che questa terra non produca più, io non voglio abbandonarla; nemmeno tu, vero?

Martina gli si avvicinò, lo abbracciò – Mio povero Alan, devi convincerti; se non c'è più l'oro nero, dovremo andarcene. Abbiamo formato una famiglia e dobbiamo andare dove le condizioni di vita sono migliori. Quando anche gli altri pozzi saranno chiusi, non potremo rimanere, anche se lo desideriamo tanto.

Attesero ancora con speranza, ma tutti i tentativi si rivelarono inutili. Anche gli altri pozzi furono smantellati; il petrolio, non sgorgava più. Furono trasferiti in un altro giacimento, molto distante, ma le condizioni ambientali erano quasi identiche alle prime, così Martina e Alan soffrirono relativamente per il distacco; si trovavano sempre nel deserto che amavano, loro si specchiavano in quella cornice.

Solo Hassan volle rimanere, se ne tornò al suo villaggio, cosicché si trovava abbastanza vicino al luogo dove aveva trascorso buona parte della sua vita, e ogni volta che lo avesse voluto, vi si sarebbe potuto recare.

Miriana aveva già terminato l'anno scolastico e raggiunse la madre.

Liliana apprese dolorosamente la notizia della chiusura dei pozzi. Anche lei aveva trascorso un periodo della sua vita con Hassan e sentiva il fascino del deserto.

Disse al figlio – Avevo immaginato che papà non avrebbe voluto andarsene, dove lo trasferivano era sempre deserto, ma non il suo. Quel pezzetto aveva un significato particolare, sia per lui che per me. Eravamo stati felici, ed io ora non posso più tornarci; lo chiamerò, gli dirò di raggiungermi.

L'invito fu raccolto da Hassan. Huarì e Claudio con Miriana lo attesero all'aeroporto, lo videro arrivare.

L'abbraccio tra padre e figli fu caloroso, ma l'incontro con la moglie fu commovente. E poi lui, uomo delle solitudini, riprese la vita cittadina. Liliana stava abbastanza bene e ciò le permetteva di uscire con lui e il piccolo Maximilian che aveva già imparato a chiamarlo nonno. Erano nuovamente contenti.

Hassan aveva fatto un'altra conoscenza, ovvero il "nonno", che da quando Martina era partita, era diventato di famiglia. Si fermava spesso in loro compagnia, specie la sera, quando stavano tutti riuniti. Il nonno considerò anche Hassan come un nipote.

– Ma nonno – ribatteva lui – non ho l'età di Martina.

E lui candido, rispondeva – Lo so figliolo, ma per me, tutti voi della casa siete nipoti, io sono il "nonno" di tutti.

Hassan provava simpatia per quel vecchio che era stato messo un po' in disparte dalla sua famiglia. Per lui che veniva dal deserto, la famiglia non doveva ridursi a un circolo chiuso. Ricordava suo padre che riuniva attorno a sé, figli e figlie, nuore e generi. La sua stessa famiglia, per la malattia della moglie si era divisa, ma era sempre stata una famiglia aperta.

Vennero a prendere il "nonno" per riportarlo a casa; era la nuora, con il marito. Ora avevano capito che lui cercava un po' d'amore e di comprensione. Si stavano sforzando per migliorare il loro atteggiamento; piano piano ci sarebbero riusciti.

Hassan e la moglie avevano preso l'abitudine della passeggiata giornaliera, ed era per loro un nuovo ritrovarsi, anche quando il tempo era brutto e pioveva; stavano vicini vicini sotto l'ombrello, non più assillati dai problemi incombenti.

Liliana gli chiese – Che ne è stato di laggiù?

– Vedessi, tutto smantellato, il petrolio ha iniziato a calare di gettito, e in poco tempo si è esaurito. È stato molto, molto triste. A volte torno dove c'era la nostra casa. Ora non esiste, ma la vedo lo stesso.

In quella casa, però – rispose Liliana – con te lo sono ovunque. Siamo invecchiati, Hassan, ma il sentimento che ci univa, anche se ha subito delle scosse, non è mutato; gli insulti del tempo non l'hanno scalfito.

– No, non dirlo, tu non sei invecchiata, per me sei come allora, quando sei arrivata da noi.

Liliana guardò il suo Hassan teneramente e gli disse – Non mi vedi? Osservami bene, il mio volto è segnato da rughe, i miei capelli si sono imbiancati, sono giunta all'età in cui una donna si può permettere di tralasciare il trucco, anche se io lo usavo raramente...

Hassan le tappò dolcemente la bocca – Ma il tuo cuore non ha rughe, batte sempre con lo stesso amore, quando mi vede. La giovinezza si conserva nel cuore. Il fisico appassisce, il cuore affronta le battaglie dell'esistenza, sta a lui uscirne vittorioso o meno.

Lei rispose – Penso che a noi sia stata data la vittoria; ne abbiamo sostenute di battaglie!

Hassan trascorreva pure parte della giornata con i due figli, Miriana e Huarì, e anche con il cognato, con i quali non perdeva occasione per discutere sulle loro ricerche. I discorsi, per lui, vertevano sempre sullo stesso argomento, il petrolio. L'oro nero aveva cambiato la sua vita e con lui si spegneva. Tutto il suo essere si sentiva defraudato e tradito.

– Per quanti anni credi che continuerà ancora, il giacimento dove lavora Alan? – chiese Hassan a Huarì.

– In primo luogo si deve accertare la consistenza del giacimento; non nutrire troppe speranze, papà.

Il botta e risposta continuava serrato – Già, voi affermate questo per via delle vostre ricerche sull'energia alternativa.

– Papà, per te il petrolio è tutto, però ti devi convincere che finirà e se per allora non avremo trovato nulla in sostituzione, si fermeranno tutte le nostre industrie. L'uomo sta sperperando ciò che la natura gli ha messo a disposizione, e con una tale leggerezza. Si distruggerà da sé, se non si fermerà e imparerà a mettere al giusto posto le risorse naturali, operando una scelta oculata e orientandosi a non sciupare più di quanto occorre; non si sa tra quanto tempo succederà questo.

– Huarì, ricordi il nonno? Quando ci riuniva tutti assieme e raccontava la vendetta della terra, depredata dai suoi tesori. In un certo senso aveva ragione, indicava una certa sacralità della terra. Possedevano un grande rispetto per essa. Però, tu mi capisci, l'ingresso del petrolio, ha mutato la mia vita radicalmente.

Erano già passati alcuni mesi, e Hassan molte volte appariva malinconico, di quella tristezza che era già apparsa sul volto di sua figlia Martina. La moglie se ne accorse – Ti dispiace essere lontano dalla tua terra.

Hassan si schermiva con un diniego, che non convinceva Liliana – Non mentire con me, per farmi piacere, lo sai che ti capisco, stai soffrendo, del resto anch'io provo nostalgia di laggiù; quando mi sarò ripresa del tutto, torneremo, insieme come una volta, nel nostro angolo di paradiso.

Il marito rispose – Noto che mi conosci molto bene, è inutile fingere, mi sento fuori luogo qui, anche se la tua vicinanza mi è molto gradevole.

Però, se torno nel deserto mi manchi tu.

– Non temere, io ti raggiungerò, anche se passerà un po' di tempo, solo chi non ama, può avere paura della lontananza.

– Oh, Liliana! Sono diviso fra te e quell'arida distesa nella quale sono nato, vi voglio tutti e due.

– Torna laggiù, Hassan, Miriana ed io ti raggiungeremo appena possibile; anche noi siamo di casa laggiù.

Hassan rispose – La lontananza non potrà mai distruggere il mio amore per te, è già stata il banco di prova la volta precedente. Il mio amore resta immutato per te. Attenderò il tuo ritorno.

Si abbracciarono; la loro unione non poteva temere la separazione, la lontananza consolidava il loro reciproco amore.

Claudio disse alla sorella – sapevo che Hassan non avrebbe resistito, ama troppo la sua terra, te l'avevo detto che sarebbe stato difficile sradicarlo, le sue radici sono affondate ben salde, si sono fortificate per resistere al vento terribile del deserto che acceca e travolge tutto. Ciononostante, il deserto viene dopo di te, eppure lui non sa staccarsi, anche se il tentativo lo ha fatto.

– Lo raggiungerò, la malìa del deserto ha stregato anche me.

Claudio sorrideva, voleva trattenerla – Dovrai aspettare molto tempo lo sai, dovrai ristabilirti bene.

– Aspetterò, il tempo non mi fa paura, sono certa che riuscirò a partire; intanto mi godrò Maximilian.

Il nipote era una gioia per tutti loro, anche ad Hassan spiacque allontanarsi.

11

La giovane coppia si trovava ottimamente bene nella nuova residenza. I giacimenti sembravano abbastanza consistenti da assicurare loro la permanenza per diversi anni. Però il problema restava, e ogni anno portava verso la fine delle risorse petrolifere. Martina e Alan sarebbero stati gli ultimi ad abbandonare il loro deserto. Si sentivano più che mai attaccati a lui, che evocava a ogni istante le immagini della loro magica infanzia. Tra loro non c'era stata l'emozione del primo incontro, il ricordo partiva da una vita trascorsa insieme, si conoscevano bene, a parte il periodo europeo di Martina, che aveva rappresentato un neo per Alan, un pericolo di perderla, appena appena sventato.

Martina, come già faceva sua madre, aspettava il ritorno del marito dal turno di lavoro, e in quelle ore, anche lei scrutando le stelle, aveva la mente affollata da pensieri. Si sentiva pienamente appagata guardando le dune e pensava a quando inevitabilmente avrebbe dovuto abbandonarle; allora cercava di stampare quella visione negli occhi affinché, tornando in città, avrebbe rivisto ancora ciò che più amava, al di là delle cose. Si chiedeva quando sarebbe avvenuto, presto o più avanti negli anni.

Quella sera, tornando, Alan le chiese – Ripensi ancora al tuo periodo viennese?

La domanda le giungeva improvvisamente e la stupì non poco. Non le aveva mai rivolto degli interrogativi sul passato, rispose con un'altra domanda – Che cosa te lo fa pensare?

– Scusa se non te l'ho mai detto, ma non so nulla di quel periodo, ti conoscevo da sempre, eccetto il vuoto che hai lasciato quando te ne sei andata.

– Alludi al mio passato? Pensavo non me ne avresti chiesto conto. Il passato fa parte della vita di una donna, come del resto è per te, quando io ero assente.

Alan corse ai ripari – Scusami, hai capito male, volevo conoscere proprio tutto di te, tra noi non dovrebbero esistere dei segreti e non c'è nulla che io non possa comprendere. Non posso avere delle pretese sul tuo passato, so che sei stata infelice.

Martina valutò la situazione; confidarsi con Alan le avrebbe fatto bene – Beh! Se proprio vuoi saperlo, ero infelice perché mi sentivo lontano dalla mia terra. Sono stata anche amata, ho girato per il mondo portando sul palcoscenico il dramma di chi credevo mi amasse. Friederick amava soltanto sé stesso, il suo successo, io non ero che uno strumento nelle sue mani. Mi ha voluto bene a suo modo, però sempre dopo i suoi interessi. Io venivo dopo i suoi fogli stampati, con letizia quando la fortuna gli arrideva, e con rabbia quando questa declinava… – Martina probabilmente voleva continuare, ma si sentiva un nodo alla gola, stava ripensando alla tristezza di quei giorni.

– Non essere ingiusta con lui, te lo dissi che non era adatto a te; ma tu lo ami ancora?

– Come potrei amare un morto?

Alan dubbioso chiese – Allora mi hai sposato perché io cancellassi il ricordo dell'altro?

– Oh, no! Non ho fatto chiodo scaccia chiodo, i ricordi non può cancellarli nessuno. Ma io ti ho sposato perché ho capito veramente di amarti. Tu non immagini quanta felicità mi hai donato.

– Basta così, Martina, era questo che volevo sentirti dire.

Si avvicinò al marito – Mi sento pienamente appagata vicino a te, non potevo desiderare un consorte migliore; niente ci potrà separare, invecchieremo insieme, e possibilmente qui.

– Se non potremo restarcene fino alla vecchiaia, cercheremo il luogo più vicino possibile, così ritorneremo quando sentiremo la mancanza.

La notte era già inoltrata e nel silenzio del deserto si addormentarono, promettendosi che mai più nessun dubbio avrebbe compromesso la loro felicità.

– Il nostro deve essere un continuo colloquio, nessun tarlo deve corrodere il nostro cervello, ogni dubbio deve essere fugato – disse Martina l'indomani al marito, che si preparava per recarsi al lavoro.

Lui le rispose, stringendola a sé – La tomba dell'amore è la monotonia, a noi questo non accadrà, perché ogni giorno sarà una giornata diversa, ogni sera ci parleremo, ci diremo ciò che l'uno si aspetta dall'altra. Reinventeremo, rinnoveremo il nostro matrimonio continuamente, non lo faremo scadere nella noia di una vita sempre uguale.

– Sì, sì caro, da parte mia ci sarà lo stesso impegno.

La lasciò e se ne andò ad affrontare la fatica quotidiana. Da allora, ogni sera fu veramente qualcosa di costruttivo, impiantavano le basi di una famiglia aperta a tutti i problemi esterni. Non s'isolavano egoisticamente dal mondo circostante. Si erano resi conto di essere inseriti in una realtà sociale nella quale potevano prendere degli impegni precisi, mettendo a disposizione le loro esperienze, il loro tempo.

Alan continuava a lavorare, ma aveva iniziato un fitto scambio di informazioni con Huarì, documentandosi sull'energia alternativa e i possibili progressi nelle ricerche. Dal canto suo, Martina espresse un desiderio, che comunicò al marito. – Ho pensato che potrei insegnare, riunendo i bambini dei villaggi vicini, eviterei loro un lungo tragitto per raggiungere la scuola. Ebbe l'approvazione soddisfatta di Alan.

Martina disse – Mio padre mi raccontava spesso come da bambino desiderasse così tanto studiare, ma la scuola era lontana, quasi irraggiungibile per lui. Per lui fu decisivo l'incontro con quell'ingegnere. L'aveva staccato da quel mondo arcaico, dove era cresciuto, ma non l'aveva sradicato, anche se gli aveva imposto, naturalmente credendo di far bene, la sua cultura. Io vorrei, per ogni bimbo, prepararlo culturalmente a vivere nel suo contesto sociale, senza voler stravolgere il suo modo di vivere. Se questi bambini conservassero intatte le tradizioni di un popolo, allora sarei certa di non fallire. Perché loro diventeranno capaci di trasformare il tenore di vita. Da loro usciranno: operai, insegnanti, scrittori che racconteranno la vita, gli usi e costumi del loro popolo, senza smarrire il valore della tradizione, che ha scandito il passo dei loro avi nei millenni.

– Se ti fa piacere, mogliettina, auguro che i tuoi desideri divengano realtà. Dovremo aspettare che cresca una generazione.

– Allora noi saremo vecchi, forse non riusciremo a vedere, perché ce ne saremo andati, lo spettro del petrolio!

– Non deve perseguitarti, piccola mia – rispose Alan abbracciandola – quando conti d'iniziare?

– Non appena otterrò il permesso.

In effetti, l'autorizzazione non tardò a venire, e Martina si spostava nei villaggi vicini, finché non trovò il locale adeguato per riunirli.

Nel suo insegnamento cercava di adeguarsi a ogni allievo, che dal canto loro le volevano molto bene.

Particolarmente a lei era affezionatissimo Abdul, un fanciullo molto riflessivo che ascoltava attentamente la lezione, mostrando una sete di apprendimento non comune, e che prese a divorare tutti i libri che gli dava Martina. Un giorno le aveva detto – Voglio imparare come vivevano i popoli della terra, le antiche civiltà.

E Martina rispose – Ogni popolo ha avuto la sua civiltà, devi imparare prima a conoscere ciò che ti è stato tramandato nel tuo villaggio, nella tua nazione. Se vuoi migliorare, devi aggiungere i valori della tua cultura a quella precedentemente acquisita dalla tua gente. Lavorerai per il suo sviluppo, insegnerai i valori tramandati, scriverai per il tuo popolo. Tutto ciò che vorrai fare, quando sarai cresciuto, qualsiasi professione sceglierai, apporterai un beneficio alla tua gente.

Martina si sentiva ripagata da questi ragazzi, che la seguivano con profitto. Lei trattava tutti allo stesso modo, si preoccupava per loro, delle loro necessità. Abdul la aspettava per accompagnarla; gli piaceva discutere con lei. Poneva continuamente delle domande, per lui Martina era una fonte inesauribile. Un giorno le formulò questo invito – Domani è vacanza per la scuola, sarei molto felice se venisse da noi, la mia famiglia ed io la attendiamo.

– Va bene, verrò, accetto con piacere.

Il villaggio dove abitava Abdul si trovava abbastanza distante. Martina partì per tempo, il paesaggio non mutava mai. Giunta in vista del villaggio le si presentò Abdul, che dal suo punto di osservazione ne attendeva l'arrivo. Le parve di tornare bambina, quando con il padre si recava dal nonno, le stesse abitudini familiari. Il padre di Abdul le disse – Sono onorato della sua visita. Desideravo conoscerla; mio figlio mi ha parlato tanto di lei, so che ha viaggiato molto, ha visitato tanti luoghi che noi nemmeno immaginiamo. Abdul mi ha detto che ha soggiornato per lungo tempo in Europa, ma poi ha sentito il bisogno di ritornare, non ha dimenticato la sua terra; tutto ciò è molto bello. Devo rivelarle una cosa, anch'io ho letto i libri che lei ha dato a mio figlio; con lui ho studiato le diverse civiltà, le abbiamo preparato una sorpresa, se vuole accettare il nostro piccolo dono. Si allontanarono e arrivarono con un foglio arrotolato; era legato da un nastro colorato. Martina slegò il nastro, restò stupita.

Il padre di Abdul disse – È un disegno del mio bambino, riproduce il leggendario albero dell'imperatore. Abbiamo letto, in uno dei libri, che nella civiltà cinese veniva offerto all'imperatore un albero di giada; alla giada si attribuiva il potere di essere apportatrice di ricchezza, fortuna e lunga vita. Questo ha voluto essere un omaggio simbolico, perché la conservi lungamente nell'insegnamento.

Martina appariva commossa, il libro sulla civiltà cinese aveva fatto pensare alla sua opera nascosta; era la gioia più grande – Non so come ringraziarvi.

– Lei ci ha già ringraziato con il suo operato. La rosa del deserto se la porta già nel cuore, visto che è tornata, allora non poteva esserci altro omaggio.

Il giorno volgeva al termine e lei si preparava a ritornare, tenendo stretto quel foglio, il cuore le palpitava, era il più bel riconoscimento che avesse ricevuto e la riempiva di felicità. Quando tornò a casa, spiegò tutto ad Alan, che le rispose – Mi fa piacere che provi soddisfazione nel tuo lavoro, ciò è molto bello.

– Mi sprona a fare di più, perché vedo che sono seguita.

A scuola non c'era solo Abdul, ed anche dagli altri alunni ricevette attestazioni di stima.

Pensò di organizzare una biblioteca, dove i bambini avrebbero potuto prendere dei libri da leggere e fermarsi assieme a sfogliarli. Avrebbe attrezzato un locale adiacente alla scuola; un po' di volumi c'erano già, in seguito, ne avrebbe procurati degli altri, per arricchirla ulteriormente.

Alan trascorreva molto del suo tempo a studiare, però i pozzi sembrava che potessero continuare per un po' di tempo e ne allontanavano la preoccupazione di doversi trasferire ancora. Agli studi si unì Huarì, che era da poco tornato da Vienna. Gli portò notizie delle ultime ricerche; Hassan si fermò da loro. Gli studi con Alan lo distolsero dalla nostalgia, attendeva il ritorno della moglie con ansia. Ma quanto avrebbe dovuto aspettare?

Intanto si affaticava nello studio per dimenticare il suo strazio, il dolore per aver dovuto abbandonare il luogo dove erano vissuti felici non si era ancora sopito, anzi, molte volte esplodeva con una violenza tale da indurlo a ritornare in quel luogo, ora desolato. Studiava rabbiosamente per cercare l'alternativa al petrolio, al quale doveva la sua emancipazione; voleva scoprire qualcosa, contemporaneamente a Huarì e Claudio. Alan gli dava man forte.

La figlia lo invitò nella sua scuola; egli si sedette in mezzo a quei fanciulli. Martina spiegava entusiasticamente ai bambini: – Quando arriva la primavera in Europa, la natura si ridesta, gli alberi mettono le gemme, nei prati spuntano le prime timide margheritine...

Hassan pensava – Come spiega bene. Pur amando la sua terra, sa descrivere con obiettività ciò che ha vissuto per anni. Io non sono mai riuscito ad abituarmi; ora che avrei potuto essere vicino a Liliana, soffriamo entrambi per la lontananza. Eppure non vi so rinunciare a quest'aridità, forse il deserto mi ha essiccato il cuore.

Un campanello segnò lo stacco da una lezione all'altra. Durante la ricreazione, con i bambini che giocavano, Martina apostrofò il padre – Che ne pensi della mia scuola?

– Stai facendo un buon lavoro, ragazza mia, non posso che darti la mia approvazione.

– È poca cosa, papà.

– Questi ragazzi cresceranno, impareranno un lavoro, daranno il loro contributo per lo sviluppo sociale, resteranno qui, attaccati alla loro terra, come noi, e la ameranno sempre, in ogni situazione, anche quando sarà avara verso di loro.

– Alan non ha ancora visitato la nostra scuola, eppure l'ho invitato

– disse Martina.

– Parlagliene ancora, bambina.

– Papà, ti rammento che sono cresciuta.

– Per me, rimani sempre la mia bambina; agli occhi di un padre non cresci mai, forse perché si sa che quando diventano adulti, i figli si perdono...

– Tu non mi perderai mai, sei il più dolce papà del mondo, ed anche Alan ti vuole bene.

– L'affetto che distribuisci lo ricevi dagli altri; questi bambini te lo dimostrano.

Infatti, terminata la ricreazione, si affollarono intorno. Martina li fece entrare in aula, e il padre la seguì. Interrogò un bambino, che si alzò e si mise a raccontare – Un sultano fece scavare la terra, alla ricerca di tesori...

Era la vecchia storia che raccontava suo padre e insegnava il rispetto della terra. L'ascoltò con piacere. Il bimbo sedette, se ne alzò un altro e iniziò – Un tempo l'uomo era assoggettato alla forza della natura, non aveva gli strumenti adatti per dominarla, poi il tempo passò e fra gli uomini ci furono delle scoperte, e man mano che i secoli passavano, scoprirono altre forme per il bene dell'umanità. Però le scoperte sono talune volte usate indiscriminatamente e l'uomo se non imparerà il corretto uso, distruggerà oltre che la natura anche l'umanità, perché tutto ci viene da lei e rovinando e inquinando, distruggeremo noi stessi.

Era la secolare saggezza che giungeva dai millenni, supplicando di usare bene le risorse naturali. Ora veniva riscoperta, dopo che l'uomo aveva largamente sciupato.

Ritornarono a casa; Hassan era molto compiaciuto degli allievi della figlia. Raccontò della sua visita alla scuola ad Alan, che rispose – Non dubito che mia moglie sia brava nell'insegnamento e sono certo che continuando così, preparerà alla vita dei veri uomini.

– Però a lei – continuò Hassan – sarebbe piaciuto che tu andassi a vedere, come ho fatto io oggi. Sarebbe contenta, se tu vedessi i progressi che hanno compiuto. Mi ha detto che ti aveva invitato, ti aspetta ancora adesso.

– Davvero, mi aspetta? – chiese stupito – pensavo che mi avesse rivolto l'invito solo per cortesia.

– Lei ci tiene tanto – replicò Hassan.

Alan riprese – Noi due ci eravamo accordati che la nostra sarebbe stata una famiglia aperta a tutti i problemi sociali, e avremmo contribuito personalmente, mettendo a disposizione il nostro bagaglio culturale; vedi, vogliamo prendere i valori positivi della famiglia patriarcale, e unirli a quelli positivi della famiglia nucleare, lasciandone da parte i negativi di ambedue i tipi.

Hassan rispose – Io provengo da una famiglia di tipo patriarcale, eppure eravamo felici, ci si aiutava a vicenda, però uno solo era il capo e soffocava al suo volere la personalità dei singoli componenti, perché lui solo decideva per tutti.

– Per contro – intervenne Alan – la famiglia nucleare ha la possibilità che tutti membri sviluppino la loro personalità, però può chiudere nell'egoismo, vederne solo i componenti, divenire asociali, chiudersi nel proprio guscio, ed essere sordi ai richiami di chi ci circonda; per questo motivo, Martina ed io abbiamo optato per questo metodo, per non rinchiuderci in noi stessi.

– E allora, dopo tutto questo discorso, perché non vai a visitare la scuola? – chiese Hassan.

– Ci andrò, promesso. Ora, però, continuiamo le nostre ricerche, forse riusciremo a battere lo zio Claudio e Huarì.

– Impossibile, loro hanno a disposizione dei mezzi modernissimi, noi procediamo empiricamente.

– Hai ragione, la smania della ricerca mi ha contagiato, forse anche perché in un prossimo futuro diventerà una necessità.

I giorni si susseguivano, ma il pericolo per l'esaurimento dei pozzi, in quella zona, non si presentava imminente. Hassan si era fermato con loro dopo le insistenze di Martina e Alan. Si teneva costantemente in contatto con la moglie, la sua salute migliorava continuamente e sperava di rivederla presto. Intanto il tempo passava, ma lui voleva che passasse più in fretta, così sarebbe giunto il giorno in cui avrebbe abbracciato Liliana; lo desiderava con tutto il cuore. Miriana avvisò che sarebbe ritornata, voleva restare con la sorella. Martina la accolse a braccia aperte, per lei in casa era a disposizione la sua cameretta, era rimasta intatta da quando aveva raggiunto la mamma. – Ho tante cose da raccontarti, ma ora sono stanca, a domani – confidò Miriana.

– Anch'io – le fece eco Martina.

Miriana si alzò con un ottimo appetito, fece colazione, salutò il padre e la sorella e disse – Sono diventata un'ottima fotografa.

– Hai sempre avuto la passione per la fotografia – disse Martina – ora è diventata una professione? – chiese

Hassan, che non era del tutto all'oscuro della passione della figlia.

– Sì e no, non sono ancora ben certa, ho ricevuto delle offerte che devo prendere in considerazione.

Ma non era tempo di pensarci; Martina la attendeva per visitare la sua scuola e a scuola c'erano i bambini che la attendevano. Miriana prese con sé la sua macchina fotografica, durante il tragitto scattava in continuazione fotografie. Arrivarono alla scuola, era piccola.

– Com'è piccola! – disse Miriana sorpresa.

– Ma i bimbi non sono molti – replicò Martina – ci stanno.

Alle pareti erano appesi dei disegni, eseguiti dai bambini; dalle finestre si poteva solo osservare cielo e sabbia, il solito paesaggio. Per i piccoli fu un avvenimento, Miriana aveva promesso di insegnare loro la fotografia, erano tutti eccitati all'idea di imparare qualcosa di nuovo.

Aveva detto alla sorella – Ti darò delle foto da appendere ai muri.

– Grazie, li metteremo accanto ai disegni dei bambini; questa è la loro scuola.

– Sì, hai ragione, devono essere loro a occuparsi dei lavoretti, infatti, saranno le loro foto, perché io insegnerò loro a scattarle.

Martina la stava guidando verso una porta stretta, che introduceva a un altro locale, dove c'erano degli scaffali, zeppi di libri, un tavolo al centro, delle sedie.

Miriana si aggirava e guardava tutto con ammirazione – Hai fatto tutto questo da sola, Martina?

– Sì, ho cercato aiuto dove potevo; per i banchi, come avrai notato, nessuno è simile all'altro – e rise.

– Sei encomiabile; ho deciso di fermarmi a darti una mano.

– Evviva, saremo di nuovo insieme! – esclamò Martina.

La scuola era graziosa e nessuno si assentava dalle lezioni; era questa la soddisfazione, la vita di Martina.

Ora, con il nuovo aiuto, avrebbero potuto ampliare le materie d'insegnamento e avere più tempo.

– Mamma inizia a star bene, è contenta con Maximilian e Annie, non ha bisogno di me, posso aiutarti, sarà la nostra scuola – disse Miriana.

Martina propose alla sorella di andare ad acquistare dei libri per potenziare la biblioteca; ci sarebbe stato problema di spazio, però in qualche modo avrebbero fatto.

– I bambini hanno bisogno di nuovi volumi – disse Martina.

Miriana scattava centinaia di fotografie; erano belle, sapeva cogliere le sfumature, sia dei volti, che della natura, quegli scatti facevano pensare.

Gli alunni impararono presto, sotto la sua guida, sia come era strutturato un apparecchio fotografico, sia come scattare una foto, quale angolazione usare, quale luce sfruttare e così via; ben presto diventarono bravi, ora le pareti erano tappezzate dai loro scatti. Non si stancavano di rimirarli, era la loro soddisfazione.

E ancora altro tempo passava, e Hassan aspettava. Liliana migliorava, però era ancora presto per poterlo raggiungere. Cominciava a disperarsi, combattuto fra l'amore per quella terra arida che lo divideva dalla moglie, pur desiderandola.

Anche Martina era come lui, era dovuto tornare. Ormai non resisteva più a star fermo; disse alla figlia – Voglio partire, desidero compiere un viaggio nel deserto, prenderò il cammello, starò via pochi giorni.

– Ti annoi, a stare qui con noi?

– No, ho solo bisogno di dialogare con il mio deserto, ho qualcosa da chiedergli.

– Io lo so, papà, cosa devi chiedergli: perché ti tiene legato a lui, perché non ti lascia andare. Era la mia stessa domanda, papà; ho trovato la risposta tornando qui. Vai, sono certa che la troverai anche tu. Buon viaggio; ti aspetterò, ti aspetteremo.

Partì e si addentrò su quella sabbia rovente. Era solo a tu per tu. Percorse un bel po' di tragitto e si accampò per la notte. Non dormiva, ripensava alla sua vita passata, erano tante le persone che aveva incontrato, alcune erano ancora presenti, alcune erano diventate dei ricordi. Un giorno Liliana gli aveva detto a questo proposito – Alle persone che abbiamo incontrato durante la nostra vita abbiamo donato qualcosa di noi, e a loro volta ci hanno lasciato qualcosa di loro; ogni incontro è stato una donazione vicendevole.

Liliana, dolce incantevole Liliana, che ora popolava soltanto i suoi sogni, eppure in qualche modo ne avvertiva la presenza, la sua risata argentina era talmente impressa nei suoi ricordi. Lei conosceva tante cose, anche il significato del suo nome; gli aveva detto – Si dice che il nome che portiamo, in un qualche modo, delinei la personalità di chi lo porta; non è sempre vero, però il tuo significa bello e gentile. Per me è così, la prima volta che ti vidi, alto, snello, dai modi gentili, subito mi sentii attratta da te, se ne accorse anche mio fratello Claudio.

Liliana sussurrava alle sue orecchie le parole che avrebbe voluto ascoltare in quel momento, erano le frasi di un'innamorata, come lo era da sempre. Lui sapeva che anche lei, lontana in quella notte e in tutte le notti della lontananza, prima di addormentarsi dedicava un pensiero al suo inquieto Hassan, guardando le stelle e la luna, e quando non c'erano, al cielo buio e minaccioso di pioggia.

Tutti i loro figli avevano scelto la professione che più si addiceva alle loro inclinazioni. Huarì sarebbe rimasto a Vienna con Annie e Maximilian. Martina era tornata per Alan, lei sì, sarebbe rimasta, era così simile a lui, aveva la scuola, avrebbe continuato ad insegnare. Miriana, la piccola di casa, aveva scelto di affiancare la sorella nella formazione degli alunni; forse sarebbe rimasta.

A volte con la moglie parlavano dei figli; quando erano piccoli, avevano fatto un sacco di congetture e di progetti, che ne sarebbe stato di loro, cosa avrebbero fatto nella vita? Si doveva attendere la crescita. Allora sembrava lontana, invece era volata, quasi non se ne erano accorti. Eppure, ognuno aveva abbandonato il nido, comodo e caldo, avevano messo le ali e spiccato il volo; loro, in qualità di genitori, li avevano preparati, ad affrontare i pericoli che avrebbero trovato sulla via, li seguivano amorevolmente anche quando avevano lasciato la casa, con trepidazione, ma anche con sicurezza.

Il sonno tardava a venire, popolato com'era da questi pensieri, che in un certo qual modo gli tenevano compagnia; erano delle presenze. La notte si prestava ai ricordi, li rendeva dolci e strazianti.

L'indomani riprese il cammino. Si era levato il cherguit, il vento del deserto, sollevava vortici di sabbia verso il cielo e lo offuscava sino a sparire, si confondeva con la sabbia, un grande mare di sabbia. La sabbia gli entrava negli occhi, nelle mucose nasali, rendendo difficoltosa la respirazione, sulle labbra, screpolandogliele.

Infine, dopo questa sfuriata, il vento si calmò, il deserto riprese la sua normalità, e Hassan proseguì. Il colloquio con il deserto era muto. Il deserto l'aveva sfidato, aveva scatenato la sua forza, perché lui si sentiva piccolo e in sua balìa. Sembrava beffeggiarlo, ma lui lo conosceva bene e non lo temeva. Si beava di camminare su quella sabbia, guardava il volgere del giorno verso la notte, la gelida notte. Si era predisposto un giaciglio per la nottata e guardando le stelle interrogava il deserto – Perché non mi lasci andare? –

L'alito di vento, che lo sfiorava, sembrava rispondergli – Perché sei mio, sei nato qui, ed è giusto che resti a me, non ti lascerò andare.

– Ma io ho degli affetti lontani – insisteva Hassan.

Il deserto incalzava – Gli affetti sopravvivono alla lontananza, l'amore non muore mai, se è vero.

– Eppure tu mi hai privato del lavoro, ti sei ripreso l'oro nero.

– Era la mia ricchezza, il petrolio, io l'ho donato come una madre dà tutto ciò che possiede per un figlio. Ho sopportato che mi trivellassero, che aprissero ferite insanabili e ho donato più che ho potuto; ricordati però che ogni cosa ha un termine. L'uomo ha sperperato, si è punito con le sue stesse mani.

– Non so perché, mi chiedo, provo quest'amore verso di te; una magia sottile mi pervade e mi lega a te, anche se in un certo senso mi hai provocato dolore.

– Se vuoi andare, vai; ricorda che tu sei mio, nessuno può rinnegare il luogo dove è nato.

L'aurora si alzò, il suo dialogo con il deserto parve svanire nel nulla; eppure gli aveva parlato per tutta la notte. Riprese il cammino. Aveva capito che da lui non avrebbe saputo staccarsi. Che cosa era andato a fare? Che cosa aveva cercato? Cercava se stesso. L'aveva trovata la risposta che aveva appagato Martina?

Viaggiò, sino a che non raggiunse il luogo dove era stato felice con la moglie. Era un posto desolato, adesso; lui, però, lo vedeva ancora tutto al suo posto, come se nulla fosse stato smantellato. Si sedette sulla sabbia a pensare, a ricordare. Ricordava soprattutto la nostalgia che aveva provato, quando si era recato in Europa, la bella Europa e tante altre cose.

... E l'uomo seduto nel deserto aspettava, incapace di staccarsi dalla sua terra natìa; vedeva Liliana, Huarì, Martina, Miriana, ma era solo la fata Morgana.

FULVIA GRISONI
BIOGRAFIA

Fulvia Grisoni vive in provincia di Como, proprio a ridosso del confine Elvetico da un lato e dall'altro la vista sul lago. Ha praticato un'attività sportiva, la scherma.

Ha collaborato con diverse testate di riviste culturali e giornali, per alcuni scrivendo racconti, per altri con articoli giornalistici e con una rivista di turismo culturale. Ha realizzato anche delle interviste radiofoniche.

Ha partecipato a diversi premi letterari, classificandosi nella cerchia dei finalisti.

Ha al suo attivo due romanzi e racconti: "Felicità sofferta" e "La polvere del tempo".

CPSIA information can be obtained at www.ICGtesting.com
Printed in the USA
LVOW08s1940091213

364554LV00002B/379/P

9 780982 537381